LES FAUVES D'ODESSA

Éditions du Masque
17, rue Jacob - 75 006 Paris
www.lemasque.com

LES FAUVES D'ODESSA
Charles Haquet

ISBN : 978-2-7024-4145-9

Charles Haquet est un grand reporter à *L'Express*. Passionné par le Japon et sa culture, il pratique les arts martiaux et il a effectué de nombreux voyages dans ce pays, des plaines de Kanazawa aux forêts de Shiratoko. Il est l'auteur de romans policiers historiques se déroulant dans le Japon Meiji, et qui relatent les aventures du samurai Tosode. Il écrit aussi des pièces radiophoniques pour France Inter et France Culture. Dans *Les Fauves d'Odessa*, il s'inspire d'enquêtes qu'il a menées dans l'univers des mafias et des trafics alimentaires.

DU MÊME AUTEUR AUX ÉDITIONS DU MASQUE

L'œil du daruma, 2001
La geisha de Yokohama, 2005
Crime au kabuki, 2006
Cargo, 2007
Le samurai d'Urakami, 2012

1

Les mâchoires métalliques brisèrent le cadenas dans un bruit sec. La chaîne glissa au sol, libérant les grillages. L'intrus s'engouffra dans l'ouverture. Il traversa le parking et s'engagea sur un sentier balayé par des lampadaires fatigués. Bientôt, la silhouette massive de l'entrepôt apparut dans l'horizon étoilé.

L'homme s'arrêta à la lisière des arbres. Un long moment, il scruta l'obscurité, mais ne vit rien de suspect. Les gardiens devaient être en train de boire un coup de gnole sur le port. Une corne de brume retentit au large. Le son s'étira dans la nuit comme une plainte qui ne voulait pas mourir. Puis le silence retomba sur les docks.

Rassuré, le visiteur sortit à découvert. Il gagna l'entrée du bâtiment. Une vieille lampe, pendue au mur, projetait une lumière jaunâtre sur la porte en fer. Il tenta de l'ouvrir, en vain. Il longea le mur de briques sans se soucier des ronces qui accrochaient ses vêtements. Quelques mètres plus loin, il s'arrêta sous une lucarne percée à hauteur d'épaule. Un barreau, fixé à l'horizontal, en défendait l'accès. Il le saisit fermement. La tige rouillée bougea légèrement. Il s'arc-bouta et, d'un coup sec, descella l'un des montants. Il tordit ensuite la barre vers le bas. La voie était libre. Il inspira profondément, recula pour prendre de l'élan. D'une traction puissante, il se hissa à la hauteur de l'ouverture. Ses jambes patinèrent dans le vide. Il glissa, faillit retomber en arrière, mais parvint finalement à prendre appui sur le rebord. Il engagea un bras, puis l'autre. Son corps suivit. Ses hanches passèrent tant bien que mal par l'embrasure. Il retomba lourdement à l'intérieur.

— Ce n'est plus de mon âge, maugréa-t-il.

Il se releva en grimaçant. Son épaule droite le faisait souffrir.

— Il faudra que je trouve un autre moyen pour sortir, murmura-t-il, en se massant l'articulation.

Il tira une lampe de sa poche. Le faisceau lumineux troua les ténèbres. La salle était immense, haute de plafond. Des caisses étaient empilées par dizaines, formant de véritables murailles de bois. Il emprunta l'une des allées. La lumière révéla une armada de chariots élévateurs, puis elle se posa sur des congélateurs branchés en batterie. Il s'en approcha, ouvrit une porte au hasard. Le caisson était rempli de paquets plastifiés. Il en taillada un avec son canif. Du poisson congelé. La chair était rose, presque translucide. Du saumon.

Il consulta sa montre. 2h20. Dans quarante minutes, les gardes entameraient une nouvelle ronde. Il ne lui restait que peu de temps. Il se faufila entre deux conteneurs. Bientôt, le passage s'élargit. Sa lampe se refléta dans une vitre. C'était un bureau de bois et de verre qui lui rappela les ateliers de confection parisiens du dix-neuvième siècle. Il poussa la porte. La table était parsemée de papiers. Il parcourut des fax et des mails imprimés. Des bons de livraison. Pommes, cacahuètes, tomates concentrées… Les produits venaient tous du même endroit : le port chinois de Ningbo. L'un des plus grands ports d'Asie. La plaque tournante de tous les trafics.

Il feuilleta une liasse de factures, toutes libellées au même nom, Kiev Import. L'une d'elles attira son attention. Elle concernait deux conteneurs de volailles, déchargés ici même la semaine passée.

— Moins d'un dollar le poulet… Comment font-ils pour gagner de l'argent ? Ils les gonflent à l'hélium ou quoi ?

À ce prix-là, un éleveur vendait à perte. Même un Chinois. Voilà qui confirmait ses soupçons. Il ne lui restait plus qu'à emporter quelques échantillons. Les résultats des analyses seraient sûrement très édifiants.

2h40. Il sortit du bureau, retourna près des frigos. Il fouilla dans l'un des caissons. «*Chicken*

11

wings », lut-il sur l'étiquette. Il en prit deux morceaux, les glissa dans son sac à dos. Soudain, la lumière jaillit dans le hangar. L'une après l'autre, les rangées de néons s'allumèrent. Ébloui, il détourna le visage.

— Monsieur Camille Dupreux, je présume ? Quelle bonne surprise !

La voix était grave, l'accent très prononcé. Allemand. Ou plutôt pays de l'Est. Roumain, peut-être. Camille porta sa main en visière. L'homme qui lui parlait portait une veste longue en cuir et des lunettes noires. Fin de visage, il arborait un bouc et de petites moustaches. Derrière lui, trois gardes du corps, tous bâtis sur le même modèle : crâne rasé, nuque de taureau et chandail noir.

C'était un *remake* de Matrix dans le port d'Odessa. Mais un mauvais remake.

— En réalité, votre venue n'est pas vraiment une surprise, reprit l'homme au manteau de cuir. Je vous attendais.

— Qui vous a prévenu ? demanda Camille.

— Peu importe. Sachez simplement que nous étions aux premières loges lorsque vous êtes entré par la fenêtre. Quelle discrétion ! Quelle classe ! Entre nous, je pense que l'on vous a entendu jusqu'à l'autre bout de la baie.

— Que me voulez-vous ?

Son interlocuteur éclata de rire.

— Vous vous introduisez dans mon entrepôt, vous fouillez dans mes affaires et vous me demandez ce que je vous veux ? Vous ne manquez pas d'aplomb !

— Je n'aurais pas dû entrer de cette manière, c'est vrai. Mais je n'avais pas le choix.

— J'espère au moins que vous avez trouvé ce que vous êtes venu chercher?

Camille Dupreux resta silencieux.

— Vous avez trouvé? Répondez-moi!

Le ton avait changé. L'homme en cuir avait de plus en plus de mal à se contenir. L'un des sbires ricana nerveusement. Comme s'il savait ce qui allait se passer.

— Vous importez beaucoup de marchandises en Europe, répondit Camille Dupreux, en pesant ses mots. Mais j'ai de sérieux doutes sur...

L'homme s'approcha. Il retira ses gants noirs, l'un après l'autre, puis il replia ses lunettes, dévoilant des yeux jais.

— Sur quoi? souffla-t-il d'une voix faussement suave.

— Sur leur qualité.

Ils se toisèrent. Leurs visages se touchaient presque. Camille sentit son souffle chaud contre sa joue. Il avait l'impression d'être en face d'un taureau furieux.

— Au fait, je ne me suis pas présenté, dit le taureau. Je m'appelle Zarov. Comme dans *Les Chasses du comte Zaroff*. Vous avez déjà vu ce film, bien sûr?

Camille secoua la tête. Ce type commençait à l'agacer avec ses airs suffisants.

— Non, vraiment? Comme c'est fâcheux. C'est mon film préféré. Il date de 1932, la même année que *King Kong*. Laissez-moi vous raconter : un célèbre chasseur de fauves fait naufrage, il s'échoue sur une île habitée par un mystérieux Russe. Et bientôt, le chasseur devient chassé. Remarquable, ce Leslie Banks, il incarne si bien ce comte cosaque, capable de raffinement subtil et d'exquise cruauté. Vous le verriez, traquant la belle Fay Wray dans les marécages embrumés... Érotisme garanti, mon cher Camille – vous permettez que je vous appelle Camille ?

Ce dernier ne put réprimer un mouvement d'humeur. La fatigue tombait sur ses épaules, elle l'entraînait vers le bas comme un poids mort.

— Je suis las, monsieur Zarov. Appelez la police, qu'on en finisse. Je ne me déroberai pas, je paierai ce qu'il faudra.

— Mais que voulez-vous payer, mon cher Camille ? Vous n'avez rien cassé. Non, la police n'a rien à voir avec cette histoire. Nous allons la régler entre nous. Zor !

L'un des hommes de main s'avança. Il tenait une barre de fer.

— Voyez-vous, Camille, ce film m'a enseigné une chose, c'est qu'il n'y a pas de fatalité. Même traqué, le naufragé fait courir une menace à son bourreau. Jusqu'à la fin, l'issue reste incertaine.

Il s'écarta de Camille et leva les deux bras dans un geste théâtral.

— *De certains hommes, Dieu a fait des poètes. D'autres, des rois ou des mendiants, et de moi, un chasseur.* C'est la meilleure tirade du film.

Brusquement, il reprit son air sérieux.

— Que diriez-vous d'une partie de chasse?

Derrière, les sbires piaffèrent. Camille attendit la suite, vaguement inquiet.

— Quel magnifique terrain de jeu que ces entrepôts déserts! La traque promet d'être palpitante. Venez, mon cher Camille. Vous partirez avec une minute d'avance. Une minute, vous entendez? Il y a un poste de garde, près de la grue à conteneurs. Si vous y arrivez en premier, vous serez libre. Mais si nous vous rattrapons…

Camille le dévisagea, horrifié.

— Vous n'êtes pas sérieux, Zarov.

— Vous êtes sur mon territoire, je dispose de vous comme je l'entends.

Il se tourna vers ses hommes.

— Ouvrez la porte! On ne va quand même pas le laisser repasser par la lucarne…

Camille les regarda tour à tour, incrédule.

— Vous êtes complètement fous! leur cria-t-il.

Brusquement, il sortit un couteau de sa poche et les menaça, le bras tendu.

— Reculez tous!

Sans même attendre l'ordre de son maître, Zor bondit sur le cambrioleur. D'un geste expert, il lui arracha son arme. Zarov secoua la tête, affligé. La scène n'avait duré qu'une poignée de secondes.

— Je suis déçu, Camille. Je pensais que vous montreriez davantage de sang-froid. Quelle bêtise de votre part… Cette petite rébellion va vous coûter cher. Zor!

L'homme de main s'approcha. Avant que Camille n'ait pu réagir, il lui frappa violemment la jambe avec sa barre d'acier. Camille tomba au sol en hurlant.

— C'est sûr, vous courrez moins vite, s'esclaffa Zarov. Mais il ne fallait pas jouer au héros. Relevez-vous, j'ai enclenché le chronomètre. Plus que cinquante secondes.

Le coup avait été porté sur la cuisse gauche. Le muscle avait été écrasé, causant une douleur violente, mais l'os n'était pas touché. Camille se redressa en grimaçant. Sans réfléchir, il s'élança vers la sortie.

— Quarante secondes ! entendit-il, tandis que l'air frais lui giflait le visage.

Il dévala le chemin goudronné, franchit les portes grillagées. Un hurlement retentit derrière lui. La minute avait dû s'écouler.

Les chiens étaient lâchés.

Les lumières rouges de la grue clignotaient dans le lointain. Pour l'atteindre, il fallait parcourir huit cents mètres de terre et de béton, sur lesquels des millions de tonnes de marchandises étaient entreposées de façon plus ou moins ordonnée. Une ville entière de conteneurs dont il ne connaissait pas le plan. Il n'y arriverait jamais. Il décida de prendre la direction opposée. Il retira son sac à dos et le lança le plus loin possible sur le chemin qui menait au port, pour faire croire à ses poursuivants qu'il s'en était débarrassé en fuyant, puis il rebroussa chemin et s'aventura vers les hauteurs.

De l'autre côté de la colline, une route menait vers la vieille ville. Avec un peu de chance, ces brutes se laisseraient abuser.

Le vent s'était levé, il soufflait par rafales, secouant les ramures des aulnes et des bouleaux. À bout de souffle, Camille parvint jusqu'au sommet. Des milliers de petites lucioles clignotaient dans l'horizon. Le cœur d'Odessa. Jamais on ne le retrouverait, là-bas. Une énième fois, il se retourna. Personne ne le suivait. Son plan avait fonctionné.

Il claudiqua vers la route qui redescendait vers les premières maisons, tout en se maudissant de son imprudence. Pourquoi s'était-il fourré dans cette galère ? Jamais il n'aurait dû venir seul dans cet entrepôt.

Le sang cognait contre ses tempes. Il était encore loin du but. Sa jambe le faisait souffrir. Il marchait de plus en plus lentement. Bientôt, il devrait s'arrêter. À cet instant, il entendit un bruit de moteur.

Il se retourna, aperçut deux phares dans le lointain. Le véhicule s'approchait rapidement, il serait bientôt à sa hauteur. Camille hésita. Et si c'était ses poursuivants ?

— Qu'est-ce que je risque ? murmura-t-il. De toute façon, je n'irai pas plus loin.

Il se mit au milieu de la route. Des freins crissèrent. Le véhicule s'arrêta devant Camille, qui leva les bras pour montrer qu'il n'était pas armé. C'était un vieux *pick-up* tout brinquebalant. Un homme sans âge, casquette et barbe blanche, passa la tête par la portière. Il regarda Camille d'un air soupçonneux, puis, sans un mot, l'invita à monter à l'arrière.

Que pouvait faire ce type sur cette route déserte à quatre heures du matin? Camille ne chercha pas à le savoir. Dans un ultime effort, il se hissa sur la plateforme et s'effondra dans les planches et les bidons d'huile.

Il était sauvé.

La camionnette négocia prudemment les derniers virages de la descente. Camille commença à se détendre. Les habitations, d'abord éparses, se densifièrent. Le pick-up s'engagea sur une place déserte, pourtant illuminée comme un jour de fête. Il contourna une fontaine monumentale, longea une contre-allée bordée d'arbres décharnés, puis il s'arrêta devant un immeuble vétuste. Un homme faisait le guet dans une petite guérite. Un policier. Son chauffeur l'avait conduit directement au commissariat. Si les anges gardiens existaient, celui de Camille détenait un passeport ukrainien.

Lorsque Camille sauta à terre, il ressentit une violente décharge dans sa jambe. Il tapa du poing sur la carrosserie pour remercier son sauveur. Le moteur vrombit, la camionnette s'éloigna dans une débauche de pétarades et de grincements d'essieux.

— Salut, vieux, et encore merci! lui cria Camille, tandis qu'il disparaissait à l'angle de la rue.

À cloche-pied, il monta les trois marches qui menaient au bureau de police. Le planton le laissa passer, impavide. Camille s'engagea dans le vestibule. De la lumière filtrait sous une porte, sur la droite. Il frappa et, sans attendre de réponse, poussa le battant.

C'était une salle d'une rare austérité. Murs gris, sol gris, ampoule nue au plafond ; pas de meuble, à l'exception d'un bureau minuscule, planté exactement au centre de la pièce. Une machine à écrire monumentale était posée sur le plateau. Derrière, il y avait une chaise. Et sur la chaise, un homme assis. Chauve, voûté, il contemplait son clavier, le regard vide. Le haut de sa chemise réglementaire s'ouvrait sur un poitrail hérissé de poils blancs.

Camille s'avança. Les murs étaient parsemés d'avis de recherche jaunis et déchirés. Suspendue dans un angle, une petite lampe rouge éclairait une icône orthodoxe.

— *Excuse me*, bredouilla-t-il.

L'agent ne réagit pas.

— *Please*, insista Camille.

D'un geste bourru, l'homme lui montra l'entrée. Camille aperçut, caché par la porte, un petit banc métallique. Inutile d'insister. Il partit s'asseoir, en espérant que le policier ne retombe pas dans sa torpeur.

Au bout de cinq minutes, ce dernier sortit un téléphone de sa poche et, d'une voix traînante, parla à un homme – sans doute son chef, si l'on se fiait à ses intonations respectueuses. Puis il raccrocha et le silence retomba. Il ne dit rien à Camille et ne le rassura même pas d'un regard.

Camille allongea sa jambe et la massa doucement. Il aurait bien aimé qu'un médecin s'occupe de lui, mais il n'essaya même pas d'évoquer le sujet. Il fallait attendre.

Dix minutes plus tard, une voiture s'arrêta devant la maison. Un homme monta prestement les marches et traversa le hall d'un pas rapide. Camille se leva tandis qu'il entrait dans la pièce. Son visage était plutôt affable. De taille moyenne, il arborait un képi galonné et une moustache fournie.

— Bonjour monsieur, dit-il dans un français rugueux. J'espère que je ne vous ai pas fait trop attendre.

Camille lui serra la main. Enfin, il allait pouvoir s'expliquer.

— Je suis tellement soulagé de vous voir. J'ai failli me faire tuer par…

Le policier en chef l'arrêta d'un geste.

— Ne dites rien, je serais obligé de faire un rapport. Mieux vaut l'éviter, vous ne croyez pas ? Vous êtes dans une situation délicate. Après ce que vous avez fait !

— Mais… De quoi parlez-vous ?

— Rassurez-vous, monsieur Dupreux, je ne vous garderai pas ici. Vous êtes libre. Mais vous pouvez remercier vos amis. Ils ont intercédé en votre faveur.

— Mes amis? Mais…

Des bruits de pas retentirent dans l'entrée.

— Monsieur Zarov! s'exclama l'officier. Venez, je vous prie. Il est là.

En le voyant entrer tout sourire, suivi de ses hommes de main, Camille maudit sa naïveté. Ici, la corruption était la règle. Tout n'était qu'une question de prix.

— Fumier!

Camille se jeta sur le policier, mais il n'arriva pas jusqu'à lui. Sa jambe ne le portait plus. Il s'immobilisa, le visage déformé par la souffrance, tandis qu'une main ferme se posait sur son épaule.

— Bonjour, Camille, comment allez-vous? Vous nous avez donné du fil à retordre, vous savez. Si si, vraiment! J'aurais pu vous féliciter si vous aviez respecté les règles. Mais vous n'avez pas joué le jeu et je déteste ça.

Il claqua des doigts.

— Emmenez-le!

Les sbires l'attrapèrent sous les épaules et l'entraînèrent vers les voitures. Camille se laissa faire sans résister. Il avait joué, il avait perdu. Il était désormais livré à la folie du comte Zarov.

2

— *When I'm feeling blue…*

Pourquoi les Anglais viraient-ils au bleu quand nous broyons du noir ? Là était la question.

— *I close my eyes and think of you.*

Perception différente des couleurs, sans doute. Le résultat ne changeait guère, c'était la même lame de fond que l'on se prenait en pleine figure. Un peu comme ces bourrasques qui vous cueillaient à la sortie du TGV, après trois heures passées en rase campagne, bloqué par une caténaire défaillante.

Un peu comme ce soir, quoi.

Marco rajusta le col de sa parka. Les pleurs de sa vieille mère résonnaient encore dans sa tête. Tout l'après-midi, il avait essayé de la raisonner, de lui faire admettre qu'à soixante-douze ans, elle ne pouvait plus vivre seule dans sa bicoque, perchée là-haut, sur les coteaux d'Ansérune, et qu'elle avait beau avoir un caractère en acier trempé, ce n'était plus le cas de son fémur, qu'elle avait déjà cassé deux fois.

Mais elle n'avait rien voulu savoir. Elle l'avait laissé parler. Sans mot dire, jusqu'à ce qu'il finisse par se taire. Le silence était tombé entre eux, pesant, presque mortuaire. Terrible sensation de marbre froid. Mais le pire, c'était le regard qu'elle lui avait lancé lorsqu'il s'était levé pour partir. Un concentré de reproches et de mépris qui ne laissait pas de place à l'amour. «Tu me rappelles ton père. Un vrai courant d'air», avait-elle lâché comme une ultime malédiction, tandis qu'il s'éloignait. Le coup l'avait touché au plus profond. De son père, Manuel, il n'avait gardé que des bribes de souvenirs. Quelques veillées de Noël, des parties de pêche, d'où ils rentraient toujours bredouilles, et un accent espagnol, rocailleux comme ces terres de feu où il avait vu le jour. De cette enfance argentine, Marco ne savait rien. Jamais son père ne lui en avait parlé. Pas de photos, pas d'anecdotes. Le grand vide.

Pourquoi avait-il voulu avoir un enfant? Certains hommes fondaient en larmes le jour où, pour la première fois, leur fils les appelait «papa». Le père de Marco, lui, s'était enfui. C'était du moins ce que sa mère lui avait raconté. Elle ne semblait pas nourrir de rancune à son égard. Comme si elle avait toujours su que l'on ne retenait pas les fantômes qui aimaient les chiens errants, les horizons désolés et les brèches dans les murs. Marco se souvenait de sa nuque solide, de son chapeau de feutre et de la porte qui s'était refermée doucement sur lui. Il ne l'avait revu qu'en de rares occasions. Et toujours très rapidement. Peu de mots échangés. Des regards gênés. Des rires stériles. Jusqu'à l'annonce de sa mort, trois ans plus tôt. Marco n'avait pas assisté à l'enterrement. Il savait juste qu'il était enterré dans la pampa. Une tombe isolée, à flanc de colline. Loin de tout. Loin de lui.

Le crachin lui collait au visage comme une pellicule huileuse. Marco passa devant l'église Saint-Eustache, puis il s'engagea dans la rue de Turbigo. Encore quelques immeubles et il arriverait chez Kristel.

Pourvu qu'elle soit là. Pourvu qu'elle lui ouvre. Pourvu qu'elle lui pardonne.

Il n'avait qu'une envie, c'était de la prendre dans ses bras. Boire un bon rhum, oublier cette fichue journée et lui faire l'amour. Et puisse la vague de plaisir balayer toutes leurs rancœurs.

Quel idiot... Pourquoi s'était-il énervé? Il avait manqué de vigilance. Il avait oublié que rien n'était jamais acquis avec une femme, et que la révolte n'était jamais loin. Elle couvait sous les braises. Il suffisait d'une étincelle pour que tout s'embrase. Un simple caleçon, par exemple. C'était une bonne pierre à feu, le caleçon. Surtout s'il trônait sur la table du salon, pile dans le champ de vision de sa dulcinée, lorsqu'elle rentrait fourbue d'une journée de travail.

C'était indéniable, il avait sous-estimé le problème. Pis, il l'avait aggravé avec ses haussements d'épaules et ses regards narquois, du genre ma-pauvre-fille-comment-peux-tu-attacher-de-l'importance-à-des-choses-pareilles. La réaction n'avait pas tardé. Kristel s'était enflammée. Une vraie pyromane. Les mots avaient crépité comme du bois sec : *Pas ta bonniche… Vrai pacha… Ras-le-bol…*

En temps normal, Marco n'aurait pas réagi. Il aurait attendu la fin de l'incendie, drapé dans sa toge de macho. Il ne manquerait plus qu'il s'occupe de telles contingences. Cette fois, pourtant, il avait craqué. Renchérissant. Relançant. S'enferrant. Et, pour finir, se fâchant.

Tout y était passé. Les petites manies, la belle-famille, l'éducation, la couleur des rideaux. Et quelques noms d'oiseaux pour couronner le tout. Une engueulade de vieux couple. Sauf qu'ils ne se connaissaient que depuis huit mois.

Elle avait tout encaissé, bouche bée. Quand, enfin, il s'était tu, le souffle court et l'air hagard, elle l'avait dévisagé, consternée, comme si elle découvrait sa vraie nature. « Il avait l'air si gentil, semblaient dire ses yeux. Qui aurait pu imaginer qu'il puisse proférer de telles horreurs… »

Rue Tiquetonne. Le rideau de pluie ondulait dans la lumière des lampadaires. Il regarda la façade grise. Deuxième étage gauche. Une lumière laiteuse derrière la vitre. Elle était là.

Il respira profondément. La partie s'annonçait délicate. « La conjonction de Vénus et de Mars en

Scorpion est néfaste. Il vous faudra beaucoup de diplomatie pour dénouer une situation tendue», indiquait son horoscope du jour. Si même les astrologues se mettaient à avoir raison…

Sans doute était-elle en train de dîner dans sa cuisine, debout contre le plan de travail, comme elle le faisait souvent, lorsqu'elle rentrait de son cours de salsa. Un pied posé sur l'autre, avec une grâce toute déhanchée. Sa «posture de fille», comme il disait, épris d'amour béat.

Son cœur le pinça très fort lorsqu'il pensa à ses petites fesses rebondies et à ses cheveux noirs qu'elle laissait tomber sur ses épaules dans un joyeux pêle-mêle. Dans ces moments-là, il adorait se glisser derrière elle et plonger son nez dans la naissance de son cou. Il la sniffait. À cette évocation, Marco se sentit chavirer. Le désir s'était allumé comme une mèche, il lui piquait le bas-ventre avec des épingles. Il songea à leur dernière étreinte, à sa façon de se cambrer. Kristel… Elle n'allait pas le repousser, ce n'était pas possible. Elle était accro, elle aussi. Elle aimait ses manières un peu rustres. Son côté macho du Néandertal. «Mon homme de Cro-Mignon», disait-elle avant l'amour.

Et après aussi.

Il composa le code. Rien. Il recommença. Toujours rien. Une troisième fois, il appuya sur les touches, lentement. Sans succès. Il soupira. Ils venaient juste de changer la combinaison, c'était ballot.

Tant pis pour la surprise, il n'avait d'autre choix que de l'appeler. «On est partis en vrille, fâchés pour une peccadille», fredonna-t-il en sonnant à l'interphone. Le haut-parleur grésilla.

— Oui?

Cette voix. À la fois douce et rauque. Il en était dingue.

— Kristel? C'est moi, Marco, dit-il, en souriant béatement à l'appareil. Tu m'ouvres?

Silence.

— Je ne peux pas entrer, le code de l'interphone a changé.

Re-silence.

— Kristel, le code a…

— Je sais. C'est moi qui l'ai demandé.

Troisième silence. Mais cette fois, il venait de lui.

— Mais pourquoi?

Elle ricana.

— Tu ne vois vraiment pas?

Marco soupira. Elle commençait fort. Et elle avait l'avantage du terrain. Ce n'était pas juste.

— Si, bien sûr… Écoute, on va en discuter, laisse-moi monter.

— Si tu veux me parler, tu n'as qu'à ressortir, je vais sur le balcon.

— Mais enfin, on ne va pas se donner en spectacle devant tout le…

Elle avait raccroché. Ça partait mal. Saleté d'astrologue. Il lui avait porté la poisse.

Il retourna dans la rue. Un clochard s'était installé sur un banc, juste devant l'entrée de l'immeuble. Il avait posé une bouteille à côté de lui. Seul le goulot dépassait d'un sac en plastique blanc. Il semblait indifférent à la pluie, qui tombait pourtant de plus en plus dru. Des gouttes vicieuses et tournoyantes qui se glissaient dans l'encolure et venaient s'écraser dans l'œil lorsque Marco levait la tête vers sa Belle. Il aurait bien aimé se prendre pour un Prince charmant. Sauf que Kristel n'était pas retenue prisonnière dans sa tour, mais qu'elle s'y barricadait. Nuance.

— Qu'est-ce que tu veux?

— Te voir.

— Après ce que tu m'as dit…

— Je le regrette. Tu ne peux pas savoir à quel point.

— Trop facile. Tu le pensais forcément. Quant à ma pauvre mère…

— J'ai juste dit qu'elle avait un peu trop tendance à être sur notre dos, c'est tout!

— Dézinguer sa belle-doche, c'est moche, ricana l'ivrogne à côté de lui.

Marco le foudroya du regard. L'homme lui rendit un sourire à trois dents. Il s'amusait bien.

— Et la tienne, alors, est-ce que je la critique? asséna Kristel. Pourtant, j'aurais de quoi. La seule fois où je l'ai vue, elle ne m'a pas dit un mot.

Touché. Ils avaient fait le déplacement dans le Sud tous les deux. La mère de Marco avait été odieuse pendant tout le week-end. Mais qu'y pouvait-il? Même avec son propre fils, elle se comportait comme une peau de vache.

— Kristel, il pleut… Laisse-moi monter, s'il te plaît.

— Non, je ne veux plus te voir.

— Écoute, on ne va pas régler nos comptes dans la rue, c'est ridicule, s'énerva Marco. Ouvre-moi !

— Tu vois, tu recommences, triompha-t-elle. Tu ne peux pas rester calme. Dans deux minutes, je vais encore m'en prendre plein la figure.

— Mais non ! C'est juste que je me suis tapé six heures de TGV. Je suis crevé et j'ai froid.

— Rentre chez toi.

Sans autre forme de procès, elle ferma la porte-fenêtre et tira les rideaux.

— Non mais je rêve… Kristel ! Kris-tel !

Il entra de nouveau dans l'immeuble, appuya comme un fou sur la sonnette. Enfin, elle décrocha.

— Oui ? dit-elle d'une voix sirupeuse.

— Tu ne peux pas me faire ça, hurla-t-il, hors de lui. Et d'abord, rends-moi mes affaires !

— Tes affaires ? Tu veux tes affaires ? C'est pour ça que tu es revenu ? D'accord, je vais te les donner.

Elle avait raccroché. Marco ressortit dehors. En voyant le clochard, les yeux levés et écarquillés, Marco pressentit le drame. Kristel se tenait sur le balcon, un sac poubelle à la main.

— Tout est dedans. Rassure-toi, je n'ai rien gardé.

Elle le vida au-dessus du parapet. Tee-shirts et chaussettes virevoltèrent dans les airs avant de tomber sur le bitume détrempé. Une écharpe s'accrocha au lampadaire et flotta comme un drapeau. Une femme passa devant eux, penchée en avant pour se protéger de l'averse, sans remarquer le caleçon qui s'était fiché sur la pointe de son parapluie. «Le zébré, mon préféré», murmura Marco en la regardant s'éloigner. Il imagina la réaction de son mari lorsqu'elle rentrerait tout à l'heure. «Bonsoir très chère, c'est charmant, ce caleçon que vous portez comme un étendard. Auriez-vous l'amabilité de me dire d'où il vient?» Sur son banc, l'homme applaudit en dévoilant ses chicots.

— Et voilà ta guitare, cria-t-elle.

— Non, pas la...

L'instrument se brisa dans un fracas de ressorts. Marco leva la tête, accablé. Main sur les hanches, Kristel contempla la scène, l'air satisfait, puis elle disparut. Une paire de basket vola encore au-dessus des arbres. Elles atterrirent sur le pare-brise d'une voiture.

— Je suis déçu, Kristel, s'époumona Marco. Oui, déçu!

Au moins elle aurait pu en rire. S'en tirer par une pirouette pour atténuer le ridicule de la situation. Mais non. Kristel se comportait comme une ménagère qui se sentirait apaisée parce qu'elle s'est débarrassée de tous ses encombrants. Lui y compris.

Il ramassa une veste en jean et la fourra dans son sac. Il aperçut alors le manche de sa guitare dans le caniveau. Elle avait un sacré son, cette gratte. Quel gâchis. Kristel était vraiment excessive. Limite hystérique. Une fille qui balançait une guitare acoustique de 1967 par la fenêtre méritait-elle d'être aimée?

Le cœur plus léger, il repartit vers le métro.

— Hey! s'écria l'ivrogne.

Il tenait un pantalon de toile à la main.

— Je peux le garder?

Lin et coton. Coupe impeccable. Du haut de gamme, l'une de ces marques stratosphériques qui faisaient mal au portefeuille.

— Fais comme tu veux, répondit Marco, mais je ne suis pas sûr qu'il s'accorde avec tes trois chandails.

Une dernière fois, il regarda vers le balcon. Les lumières étaient éteintes. Jamais plus il ne dormirait contre elle. Adieu Kristel. La prochaine fois qu'il tomberait amoureux, il éviterait de commettre deux erreurs : critiquer sa belle-mère et consulter son horoscope.

3

Rien de tel qu'un bon nanar pour oublier une scène de rupture. On s'affalait dans son canapé mou, l'esprit à l'abandon, et on laissait la magie opérer. En général, quelques scènes suffisaient pour atteindre l'état végétatif. Les images défilaient dans le cerveau sans laisser la moindre trace. En soi, cette forme d'hypnose valait largement les techniques méditatives des grands sages. Notre société admirait les yogis et les moines zen, mais elle sous-estimait le pouvoir hypnotique du navet.

Encore fallait-il trouver les bons «chefs-d'œuvre». À ce jeu, Marco était imbattable. Sa dernière trouvaille, *L'Abominable Homme des neiges*, de Lee Wilder, valait son pesant d'or. La chaîne de l'Himalaya en carton-pâte, une créature coiffée d'un bonnet à poil et une intrigue en chamallow qui faisait passer *La Grande Vadrouille* pour un thriller psychédélique. Lorsque la créature, dans la scène finale, mourrait dans un puits sans fond, Marco avait sombré dans un sommeil sans fin.

Le lendemain matin, il s'était réveillé en pleine forme. Le yéti l'avait aidé à oublier cette soirée de cauchemar, qui s'était achevée en apothéose : des taxis qui ne s'arrêtaient pas, un métro bondé et un frigo vide, lorsqu'il s'était retrouvé dans son deux-pièces, à Malakoff. Le plan galère jusqu'au bout. Du grand art.

Marco laissa deux euros sur le zinc. Derrière son comptoir, Raymond leva son sourcil gauche, sa façon de dire merci. Ou bon vent. Ou du balai. Difficile de le savoir, Raymond n'était pas du genre expansif. Il écoutait, opinait, ponctuait, écarquillait, pouffait ou soupirait, mais il ne parlait jamais. On pouvait tout dire à Raymond, il ne répétait rien. Et il ne jugeait pas.

La pluie avait cessé. La dépression s'était éloignée vers l'est, laissant une poisse humide dans son sillage. Quelques rayons argentés avaient percé la claie de nuages et se reflétaient sur les trottoirs détrempés. Marco traversa la place de la mairie. Il ne restait qu'un vélo à la station Vélib. Il testa le pédalier, serra les freins. À part un léger bruit de ferraille, il semblait en bon état. Il l'enfourcha et fila vers la porte de Vanves. Le froid le saisit tandis qu'il prenait de la vitesse. Ce mois de juin était pourri, l'été le serait sans doute aussi. Marco passa au-dessus du périph, bondé, comme d'habitude. Comment pouvait-on rester enfermé, des heures durant, dans ces cercueils d'acier, à respirer des hydrocarbures polycycliques et du benzène ? Il força sur ses pédales, tout en pestant à haute voix. Si ces fêlés commençaient par troquer leur bagnole contre une bicyclette, le monde tournerait déjà un peu moins mal. C'était avec ce genre d'idées, certes un peu sommaires, qu'il avait frappé à la porte des Verts, l'année passée. Au début, il s'y était senti bien. Pour la première fois de sa vie, il s'engageait pour une cause politique. Mais l'ambiance délétère des réunions et l'intransigeance butée de certains adhérents avait rapidement eu raison de ses velléités militantes. Il avait mis fin à l'expérience, non sans avoir appris quelque chose sur lui-même : les manifs-merguez et les sittings écolos, ce n'était vraiment pas son truc.

Rue Francis de Pressensé, quinzième arrondissement. Il était arrivé. Marco se débarrassa de son vélo, acheta des croissants près du métro Pernety et entra dans un immeuble sans charme, façade en ciment et volets en métal. Passé le porche, il déboucha dans une cour tout en longueur. Une étrange bâtisse – un bloc de parpaings percé de deux minuscules fenêtres – était posée sur les pavés. C'était dans cet ancien parking qu'il avait installé ses locaux. Deux fois déjà, les copropriétaires avaient intenté un recours pour raser ce qu'ils surnommaient le «bidonville de Pernety». Mais le dossier s'était perdu au tribunal et les procédures d'appel s'éternisaient. Bref, la société TracFood, détenue à part égales par Marco Lauvert et son associé Camille Dupreux, n'était pas près de se faire déloger.

Marco poussa la porte métallique. Le bureau était désert. Une odeur de pizza froide flottait dans l'air. Il en trouva immédiatement l'origine : un carton ouvert sur la table de réunion, contenant des morceaux de pâte, des sachets de sauce piquante et une canette de coca compressée. Cette appétissante nature morte ne pouvait être l'œuvre que d'une personne : Andréa, grand échalas de vingt-six ans qui se nourrissait exclusivement de matières grasses, avec une nette préférence pour les pilons de poulet. Jeune ingénieur, Andréa s'était pointé un matin, sans crier gare deux ans plus tôt. «J'ai trouvé votre nom dans l'annuaire des anciens élèves, avait-il dit à Marco, en guise de présentation. Je ne sais pas faire grand-chose, mais je ne demande qu'à apprendre.» D'emblée, le contact était passé entre eux. D'origine crétoise, Andréa était arrivé à Paris à l'âge de dix ans, sans connaître un mot de français. Il vivait seul, dans un studio que lui avait loué une vieille tante d'Athènes. Marco l'avait embauché dans la foulée. Enfin, embauché… Le mot était un peu fort. Ce n'était pas un vrai contrat, mais une sorte d'emploi-jeune, un acronyme imprononçable qui fleurait bon les embrouilles administratives. Il n'aurait, théoriquement, jamais dû bénéficier de ce statut, mais un copain de Marco, avocat en droit social, avait pris l'affaire en main. Il avait tellement «embelli» son dossier que les subventions avaient plu de tous les côtés. C'en était presque gênant.

Au début, Andréa avait eu bien du mal à comprendre le métier de ses employeurs. Camille et Marco étaient des «experts en sécurité alimentaire», mais ces mots ne signifiaient pas grand-chose au jeune cerveau. Marco avait dû l'emmener sur le terrain pour lui montrer de plus près. Depuis cinq ans, les deux associés menaient des missions dans de grands groupes industriels. Plus précisément, ils les aidaient à résoudre les problèmes qu'ils rencontraient sur leurs chaînes de production. Des tests révélaient la présence de salmonelle dans des barquettes de porc ? Le fabricant leur demandait de trouver l'origine de la contamination avant qu'elle ne dégénère en crise sanitaire. Et, surtout, ne porte préjudice à son image. Des figues séchées, importées de Turquie, contenaient des champignons toxiques ? Les deux compères partaient visiter l'usine du fournisseur pour s'assurer de son sérieux. D'un dossier à l'autre, on retrouvait souvent les mêmes problèmes : négligences, mépris des règles élémentaires d'hygiène, cupidité des industriels qui, pour des raisons de coût, supprimaient des étapes de contrôle. Dans les rapports qu'ils remettaient à leurs clients, Camille et Marco ne prenaient pas de gants. Ils plaçaient les industriels devant leurs contradictions : pourquoi ceux-ci attendaient-ils toujours l'accident pour prendre des mesures? Et s'ils essayaient de prévenir les crises plutôt que de les guérir? Allant au bout de leur démarche, les deux fondateurs de TracFood leur suggéraient de ralentir leur course au profit et d'effectuer des investissements qui permettraient d'améliorer la qualité des produits. Autant dire que leurs conclusions ne plaisaient guère à leurs donneurs d'ordre. La plupart du temps, ceux-ci les enfouissaient au fond d'un tiroir et se juraient de ne plus jamais faire appel à ces «intégristes» qui s'avéraient incapables de comprendre leurs contraintes.

C'était vraiment une puanteur, cette pizza. Ça devait être le chorizo. Deux tranches étaient collées au carton, elles sentaient la mauvaise viande et la chimie. Marco jeta l'emballage à l'extérieur. En rentrant, il ramassa les lettres glissées sous la porte. Des factures. Sans même les ouvrir, il les jeta sur la pile qui s'amoncelait sur son bureau. Il ne put s'empêcher de sourire en comparant cette termitière de papier avec la table de Camille, impeccablement cirée. Rien ne troublait ses lignes épurées, sinon un pot à stylo, une règle en fer et une vieille poulie en bois. Ce contraste était à leur image. Difficile de trouver association plus disparate. Rigoureux dans son boulot, Marco n'en était pas moins rêveur, dilettante et bordélique. Tout l'inverse de Camille Dupreux, ancien officier de la marine marchande, grognard manichéen et fonceur qui ne supportait pas le désordre. Car dans la «mar-mar», on ne badinait pas avec la discipline. Un bureau devait être rangé comme une cambuse : *shipshape* – au carré. Heureusement, Camille était assez intelligent pour ne pas imposer ses vues à son jeune associé. Jamais celui-ci n'aurait supporté de travailler au son du clairon, et cela, le *captain* l'avait bien compris. Il avait suffisamment l'expérience des hommes pour ne pas tomber dans ce travers.

Car il avait bourlingué, le Camille. Jamais à court d'histoires de grand large et de bateaux fantôme, jamais à court de rhum non plus. Il avait écumé tous les rades du monde, franchi cent fois le canal de Suez et parlait des femmes en évoquant leur peau : le grain cuivré de la Cubaine, l'odeur chaude de l'Andalouse, la Chilienne au goût de chocolat ou le parfum musqué de l'Indienne. Marco se souviendrait toujours de leur première rencontre. C'était lors d'un mariage en Picardie, six ans plus tôt. Comment s'était-il retrouvé dans cette cérémonie, Marco se le demandait encore. Il ne connaissait personne, à part le marié, un vague cousin qu'il avait croisé deux ou trois fois dans son enfance. Il avait rapidement compris, en voyant les allures des convives, les nœuds papillon trop serrés et les robes à fleurs, qu'il allait boire la coupe de crémant jusqu'à la lie. Il avait droit aux «noces Babar» de première catégorie, le kit complet avec la jarretière et la chenille qui redémarre. Longtemps, il avait cherché son nom sur les cartons ; il était remisé à la table du fond, celle des célibataires et des divorcés. À peine assis, il avait repéré, deux sièges sur sa droite, la bonne bouille barbue de Camille. Engoncé dans sa veste de pingouin, il avait l'air hébété d'un ours que l'on aurait tiré de son hibernation. Marco avait pouffé en le voyant gober son trou normand. Camille aurait pu lui donner un coup de griffe, mais il avait préféré le trouver sympathique. Ils avaient profité de l'absence de leur voisine commune, une poupée maquillée au pinceau de 15, partie se trémousser sur un karaoké, pour s'asseoir l'un à côté de l'autre. Ils avaient annexé la bouteille de Bordeaux pour arroser leur filet de bœuf Wellington et s'étaient enfuis juste avant la pièce montée. Un serveur les avait retrouvés au petit matin, ivres mort dans le vestiaire. Marco avait mis trois jours à s'en remettre, mais au moins, il avait échappé à la soirée Cloclo.

La corne de brume retentit longuement dans le combiné, puis la voix bourrue de Camille l'invita à parler après le bip. Marco raccrocha. Inutile de laisser un message, Camille ne les écoutait jamais. La plupart du temps, il coupait son portable, sous prétexte qu'il détestait être dérangé durant ses inspections. En réalité, Camille abhorrait ce qui n'était, à ses yeux, qu'une « mascarade technologique ». Tablettes, téléphones tactiles… Des gadgets sans intérêt. « Pourquoi s'enchaîner jour et nuit à ces appareils diaboliques ? L'esclavage a été aboli en 1848, non ? », rétorquait-il, lorsque Marco lui suggérait d'entrer dans le vingt et unième siècle. D'un certain point de vue, il avait raison, et Marco lui-même pestait parfois contre cette servitude numérique. Mais elle avait aussi ses avantages. Les jours où il voulait contacter son associé, par exemple.

Où était-il donc? Il était presque dix heures. C'était bien la première fois que Marco arrivait avant lui. En général, *captain* Camille était sur le pont dès l'aube.

Marco posa un regard résigné vers la termitière. En attendant qu'il arrive, il pouvait toujours écluser de la paperasserie. À contrecœur, il se dirigea vers son bureau. Tandis qu'il s'asseyait, la porte s'ouvrit d'un coup. Un homme entra dans la pièce. Il était grand et d'allure juvénile. Pour que ses cheveux défient ainsi les lois de la gravité, il avait dû utiliser au moins trois pots de gel. Son visage, taillé en virgule, n'avait que peu de reliefs. Pas de pommettes ou de sourcils saillants, mais un nez busqué et un menton qui finissait en bouc nerveux. Ses lèvres, fines et légèrement pincées, lui donnaient un air sceptique.

— Bonjour Andréa, tu vas bien?

— 'jour, Marco. Ça va, oui, et toi?

Regard fuyant, voix en berne : Marco connaissait l'animal, il sentit immédiatement qu'Andréa n'allait pas bien. Il l'observa à la dérobée, tandis qu'il retirait sa veste. Ses gestes étaient saccadés, presque violents. Andréa semblait énervé, mais c'était une colère rentrée. Il la mâchonnait sans qu'elle ne sorte au grand jour. Ça sentait le drame amoureux, tout ça. Peut-être une autre Kristel avait-elle balancé ses slips par la fenêtre.

— Sais-tu où est Camille ? lui demanda-t-il.

Andréa parut étonné.

— Il ne t'a pas prévenu ? Il est parti il y a deux jours.

— Ah bon ? Où ça ?

— Je ne sais pas.

— Tu aurais pu lui demander.

— Crois-tu vraiment qu'il me l'aurait dit ?

Le ton était sec, presque agressif. Et pour cause. Les relations entre Camille et Andréa n'avaient jamais été bonnes. Le vieux loup de mer contre le post-ado rebelle aux convenances. La sauce n'avait jamais pris. Camille ne supportait pas les manières indolentes d'Andréa. Il aurait voulu le secouer et, pour commencer, lui faire avaler son réveil, qui tombait un peu trop souvent en panne. Marco trouvait ses reproches excessifs. Andréa bossait beaucoup. Souvent, le soir, il était encore penché sur son écran lorsque Marco rentrait chez lui. Mais son comportement horripilait Camille. Andréa mettait les pieds sur la table, il se roulait une clope toutes les dix minutes, buvait des palettes de boissons énergisantes et ne parlait que de jeux vidéo. Jusqu'à présent, Camille s'était toujours contenu, car il ne voulait pas désavouer Marco, qui l'avait recruté.

Jusqu'à présent.

— Je suis venu prendre mes dossiers, marmonna Andréa. Je vais travailler chez moi, je m'y sens mieux qu'ici.

Marco se leva et vint se planter devant lui.

— Andréa… Que s'est-il passé avec Camille?

Il secoua la tête.

— Peu importe. Je crois simplement que nous ne nous comprendrons jamais. C'est un solitaire, il n'accepte pas que l'on puisse avoir d'autres idées que les siennes. Il se croit encore sur son cargo à régner sur son équipage. Mais moi, je ne suis pas là pour briquer le pont ou nettoyer des pistons.

Marco fit un geste d'apaisement.

— Lorsqu'il rentrera, nous nous expliquerons tous les trois. Nous crèverons l'abcès.

— Je ne suis pas sûr que cela serve à grand-chose, soupira Andréa. Nous ne vivons pas dans le même monde. Dans le sien, on prend encore des photos en argentique et on passe des fax.

Il glissa des chemises bigarrées dans sa pochette de cuir. Au moment de sortir, il se tourna vers Marco, visiblement gêné.

— Je suis désolé de t'infliger ça, je ne devrais pas. Mais il m'a dit des choses très dures pendant ton absence. C'est difficile de travailler avec quelqu'un qui ne fait pas confiance. J'ai besoin d'évacuer tout ça. Demain, ça ira mieux.

— Change-toi les idées, reviens quand tu veux. De tout façon, les clients ne se bousculent pas au portillon.

Andréa esquissa un pâle sourire.

— D'accord. Je boucle deux ou trois trucs et je me vais me faire une toile. Merci.

Après son départ, Marco resta longtemps songeur. L'équilibre était rompu, jamais il ne parviendrait à le rétablir. Andréa allait quitter TracFood, ce n'était plus qu'une question de jours. C'était dommage. Il commençait à monter en puissance et montrait un vrai potentiel. Il allait falloir se remettre en chasse, former son remplaçant...

— Rien ne serait arrivé si je ne m'étais pas absenté, murmura-t-il.

Il filerait toujours le parfait amour avec Kristel, Camille et Andréa ne se seraient pas brouillés et sa mère ne l'aurait pas poignardé avec ses phrases assassines. Et Camille qui n'était même pas là pour le rasséréner.

— Allez, montre-toi, j'ai le moral dans les chaussettes! s'exclama-t-il en s'adressant au siège vide.

Un son cristallin retentit. Un SMS. Camille? Non, c'était Kristel. «Ce soir, 20 h dans ton taudis, OK? Désolée pour ta guitare – pour une fois que tu savais te servir de quelque chose.»

C'était son humour. Délicieux. Marco s'étira en grognant sauvagement. Kristel regrettait de s'être emportée. Elle voulait le revoir. Rien n'était perdu. Il allait mettre les petits plats dans les grands. Saumon fumé suivi de langoustines, son dîner préféré. Et en dessert, une mousse à la mangue. Des photophores pour créer une ambiance intime et du bon champagne. Le grand jeu. Tout devrait bien se passer. On évitera juste de parler de belles-mères.

Jamais après-midi ne s'écoula aussi lentement. À plusieurs reprises, Marco s'endormit sur sa liasse de documents administratifs. Il n'y comprenait rien. D'habitude, c'était Camille qui s'en occupait. Urssaf, impôt sur les sociétés... Marco butait toutes les deux lignes sur un mot abscons. Il n'avançait pas, il ne comprenait pas ce langage. Il lui manquait toujours un chiffre, une attestation, un bordereau... Le supplice prit fin à dix-sept heures lorsqu'il décida de plier bagage. Il laissa ses dossiers en plan, donna deux tours de clé et partit pêcher ses langoustines.

4

La musique. Il n'avait pas pensé à la musique. Marco délaissa un instant ses fourneaux pour fouiller dans son bac de 33 tours. Comme lui, Kristel aimait les vieux sons. Rien de tel que le picotement du saphir sur le sillon pour écouter du jazz. «Puttin' on the Ritz», de Fred Astaire. Très bien, ça. Peut-être se mettrait-elle à danser, comme elle le faisait parfois. La chanson suivante s'appelait «Cheek to cheek» – joue contre joue. Tout un programme. Il sortit le disque de sa pochette, l'épousseta amoureusement et l'installa sur l'électrophone. Il regarda vers la pendule molle, façon Dali, qui «coulait» de sa bibliothèque : dix-neuf heures quinze, il ne lui restait plus tellement de temps. Il devait encore allumer les bougies, sortir le saumon fumé et prendre une douche.

— Où sont ces fichues coupes à champagne? râla-t-il. Ce n'est pourtant pas grand, ici.

Il s'apprêtait à retourner le bas de son armoire normande lorsque la sonnerie retentit. Marco se figea.

— Déjà ? Mais elle est en avance !

Il ne pouvait pas l'accueillir dans cet état : son lit était encore défait et ses mains sentaient la langoustine. Mais il ne pouvait pas non plus la laisser dehors. Kristel n'était pas du genre à attendre des heures sur un palier, même pour un homme aussi exceptionnel que Marco. En désespoir de cause, il ouvrit la porte en grand.

— Je ne pensais pas que tu…

La phrase mourut sur ses lèvres, tandis que son sourire se muait en stupeur devant la créature qui s'avança dans la lumière. Décolleté affolant, mini-jupe en faux cuir, bas à fines résilles et bottines à talons hauts. Vulgaire mais délicieusement provocante. Le genre de vision qui s'imprimait directement dans le cerveau reptilien sans passer par la case conscience. Kristel ne l'avait pas habitué à ça. Il n'y avait d'ailleurs aucune raison que cela arrive.

Ce n'était pas Kristel.

— Bonjour, vous êtes Marco ?

— Oui… Et vous ?

— Je m'appelle Lena. Je peux entrer ?

— C'est-à-dire que…

Il fit un imperceptible pas en arrière qu'elle prit pour un assentiment.

— Merci, il fait froid ce soir, je crois que j'ai besoin d'un petit remontant.

Elle entra dans la pièce et poussa une exclamation en voyant la table dressée.

— Comme c'est charmant! Vous attendez quelqu'un, peut-être?

— Oui. D'ailleurs, elle ne va pas à tarder à…

— Je ne vais pas vous déranger longtemps. J'aurais dû vous prévenir, mais je n'avais pas votre numéro.

Elle parlait avec un accent prononcé, un peu traînant, qui fleurait bon les Carpates. Lena devait être d'origine roumaine.

— Bulgare.

— Pardon?

— Vous étiez en train de vous demander d'où je viens, je vous réponds.

— Comment le saviez-vous?

— Les hommes mentent, pas leur regard. Le vôtre est clair, il n'est pas encombré de nuages noirs et ne sent pas le vice. Il me plaît.

— J'en suis ravi, sourit Marco. Maintenant, pouvez-vous me dire ce que vous faites ici?

Elle ouvrit son sac à main et sortit une enveloppe en papier kraft pliée en deux.

— C'est pour vous. De la part de Camille.

— Camille? Vous connaissez Camille?

— Oui, et même assez bien.

Elle planta ses yeux noirs dans les siens. «Osera-t-il poser la question?», semblaient-ils lui dire.

Il osa.

— Excusez-moi de vous demander ça… Mais vous êtes une…

Elle attendit la suite avec un sourire désarmant. Elle aurait pu mettre fin à sa gêne, mais elle trouvait tellement plus drôle de le laisser se dépêtrer.

— …prostituée ? finit-il par accoucher.

Elle eut un petit rire nerveux.

— Ne soyez pas gêné comme ça, je ne suis pas en sucre. Si vous saviez ce que j'entends…

Un instant, Marco essaya d'imaginer Camille avec cette fille, puis il chassa cette idée. Trop dérangeant. Ils travaillaient ensemble depuis longtemps, mais Camille s'épanchait peu sur sa vie privée. Marco savait juste qu'il vivait seul dans une péniche amarrée sur la Seine, vers le quai de Grenelle. Il parlait rarement de ses amis, ne racontait jamais ses week-ends. Une fois, lors d'une soirée bien arrosée, il avait évoqué un fils qu'il aurait eu avec une Brésilienne, puis la discussion s'était noyée dans les vapeurs d'alcool. Plus jamais il n'en avait parlé.

Et s'il avait, en réalité, une femme dans chaque port ? L'idée plut à Marco, comme s'il trouvait rassurant d'en savoir, enfin, un peu plus sur son associé. «Y a des marins qui boivent à la santé des putains d'Amsterdam», eut-il envie de fredonner dans un sursaut joyeux. Un coup d'œil vers l'horloge coulante eut toutefois raison de son euphorie. Huit heures moins dix. Lena devait partir. Mais avant, il fallait absolument qu'il sache…

— Quand vous a-t-il donné ces papiers ?

— Il y a trois jours. Il m'a dit de vous les apporter s'il ne me téléphonait pas. Je n'ai pas eu de ses nouvelles, alors je suis venue.

— Savez-vous où il est?

— Non. Il avait un avion à prendre, je crois.

— Était-il dans un état normal ou vous a-t-il semblé préoccupé?

— Il n'était pas comme les autres fois. Il ne riait pas.

— Merci, Lena. Et maintenant, partez, s'il vous plaît, sinon je risque d'avoir de gros pépins. Laissez-moi votre numéro de portable, je vous rappellerai.

Elle fouilla dans son sac à la recherche d'un papier, inscrivit finalement ses coordonnées sur un paquet de cigarettes.

— Tenez. Mais ne m'appelez surtout pas après 17 heures.

— Pourquoi? Vous faites les sorties de bureau? retentit une voix que Marco connaissait bien.

Kristel se tenait dans l'embrasure. Elle ne quittait pas Lena des yeux. Elle s'approcha d'elle, menaçante. Marco sentit venir le moment où elle allait lui bondir dessus.

— Attends, Kristel… Cette jeune femme m'a juste apporté ces documents.

Il lui montra l'enveloppe.

— Je te crois, dit-elle, très calme.

Marco eut un moment d'espoir. Elle avait compris, elle ne s'était pas laissée dominer par sa jalousie, pourtant très aiguisée. La soirée allait reprendre ses droits. Amour, champagne et langoustines. Il la dévora des yeux, tout attendri.

— Oui, je te crois, reprit-elle. Tu n'as rien fait d'autre avec elle parce que tu n'en as pas eu le temps. Ça ne se fait pas en deux minutes, une gâterie, même pour une fille comme elle. C'est pour ça que tu voulais la revoir.

Lena baissa les yeux. Elle tenta de se faufiler dehors mais Kristel s'interposa.

— Restez, voyons. C'est moi qui vais m'en aller.

— Kristel, je t'en prie…

Elle jeta un regard méprisant à la créature de cuir.

— Tu aurais dû me dire, je ne serais pas venue en jean. Très classe, la jupe en skaï. Ça ne gratte pas trop ?

Marco renonça à s'expliquer. À quoi bon ? Trente secondes avaient suffi à faire chavirer son destin. Les deux femmes se seraient croisées dans le hall d'entrée plutôt que dans son vestibule, il serait certainement en train de déshabiller Kristel. Il faillit lui dire de réfléchir avant de commettre l'irréparable. La convaincre qu'il n'avait rien fait de mal et qu'il l'aimait. Qu'il voulait lui faire un enfant, et que, de sa décision, dépendait peut-être la vie d'un bébé. Un peu pernicieux, comme argument, mais ça aurait pu marcher. Pourtant, il n'en fit rien. Il avait croisé le regard de Kristel et il avait compris. Elle était humiliée. Jamais elle ne reviendrait à lui. Il avait brûlé sa cartouche, il n'en aurait pas d'autre.

Adieu Kristel.

Elle ne claqua même pas la porte.

Un long silence suivit son départ. Lena n'osa même pas se tourner vers Marco.

— Je vais m'en aller, dit-elle dans un souffle.

Marco ne répondit pas. Il était prostré, les yeux dans le vide. Lena se dirigea vers la porte. Le claquement de talons le tira de sa léthargie.

— Vous aimez les langoustines brûlées ?

— Pardon ?

— Vous pouvez rester dîner, si vous voulez. Les langoustines sont sans doute fichues, mais il y a aussi du saumon. Il est bon, il est bio.

Elle sembla hésiter, consulta sa montre.

— C'est gentil, mais je dois y aller. Je devrais être en train de travailler, en ce moment.

— Ça peut s'arranger.

Marco chercha des yeux son portefeuille. Il le trouva dans l'entrée, posé sur le radiateur.

— Non ! s'exclama Lena.

Sa voix était énergique et outrée. Elle surprit Marco.

— Je ne veux pas d'argent. Si je suis venue, c'est pour Camille. Il m'a si souvent aidée.

Elle remonta la fermeture de son cuir jusqu'au menton et lui sourit brièvement.

— Je suis tellement désolée… Bonne nuit.

À son tour, elle disparut dans l'escalier. Marco n'eut même pas le courage de refermer la porte derrière elle. Par réflexe, il chercha sa guitare. C'était un bon moment pour jouer du blues. Une petite impro en mi mineur pour tout oublier.

Mais de guitare, il n'en avait plus. Il farfouilla dans ses disques, trouva rapidement ce qu'il cherchait : «Live à Montreux» de Luther Allison, 1976. Un bon cru. Il plaça directement la pointe de lecture sur le cinquième morceau, «Same thing», une reprise de Willie Dixon, et s'empara de son harmonica. Dès les premiers accords, il sortit quelques riffs bien acérés. Malheureusement, il n'eut pas le temps d'arriver au refrain. Des coups retentirent au travers du mur. M. Tournai n'aimait pas le blues. Il l'exécrait. Pour lui, l'Homme n'avait touché la grâce qu'une fois dans son histoire : durant la Renaissance, lorsqu'il avait créé les chants polyphoniques. Depuis, il n'avait fait que se répéter, comme une race qui courrait à son extinction à force d'endogamie. Autant dire que les rapports entre Marco et son voisin demeuraient des plus sommaires. «What make these men go crazy», hurla l'électrophone. Les coups redoublèrent. Un chien aboya. Ce devait être une espèce de chien bonsaï, genre caniche nain. Les jappements, suraigus, étaient insupportables. Fichue soirée. Il n'y avait qu'un moyen d'y mettre fin : se suicider au champagne. Et dire adieu à ce monde ingrat.

5

Il avait un goût étrange, cet harmonica. Sucre candi, avec une pointe de cardamome. Marco lécha le métal en contemplant l'horizon blanc. Camille vint le rejoindre.

— D'où viennent ces nuages? demanda-t-il, en avisant les limaces noires qui filaient au-dessus de sa tête.

— De l'est, répondit Marco. Regarde, ils se diluent dans le lointain, comme une bouteille d'encre qui se répand dans l'eau.

Le ciel se morcela, formant un magnifique camaïeu de gris.

— Quel joli coucher d'étoile, murmura Camille.

Marco se tourna vers son ami. Il s'aperçut alors que son corps se couvrait d'une patine cuivrée. Après avoir recouvert ses jambes, le métal gagna les hanches, puis le buste. Seul le visage était encore de chair, mais Camille ne semblait pas s'en inquiéter. En réalité, il ne s'en était pas rendu compte.

— *Qué linda manito que Dios me la dio*, chanta une femme.

— Maman?

Marco chercha partout d'où venait la voix. «Quelle mignonne quenotte Dieu m'a donnée»: c'était la berceuse argentine que lui chantait son père. Mais où était-il? Pourquoi sa mère avait-elle pris sa place?

— Laisse-nous! lui cria Marco.

— Tu n'es qu'un courant d'air, cria-t-elle. Un courant d'air!

Son rire résonna dans l'infini, il s'insinua dans ses tympans et lui vrilla la tête. La douleur était intenable. Il porta ses mains à ses tempes et hurla.

À tâtons, Marco trouva l'interrupteur de la lampe de chevet. La petite boule de lumière fit reculer l'obscurité. Il se dressa sur son lit, mais se sentit trop nauséeux pour se lever. Jamais il n'aurait dû boire d'alcool de poire. Pas après le champagne, en tout cas.

Il se massa la nuque. Cauchemar et gueule de bois. La totale. Le réveil indiquait 5 h 17. Inutile de chercher à se rendormir, il n'y arriverait pas. Il se leva avec la souplesse d'un chat rhumatisant, trébucha sur une chaussure. Son suicide avait échoué, il fallait maintenant affronter l'aube et la rédemption.

Dans un tiroir de la cuisine, il trouva de l'aspirine. Et sur le bar, l'enveloppe de Camille. La cause de tous ses malheurs. Il déchira la bande collante. Elle contenait une quinzaine de feuilles. Il n'était pas vraiment en état de les lire. Pourtant, il les emporta dans son lit. Si Camille avait laissé ces documents à cette fille, c'est qu'il les savait en lieu sûr. Il aurait pu les envoyer par la Poste ou les confier à Andréa. Pourquoi ne l'avait-il pas fait?

Il alluma le plafonnier. Une lumière trop crue et trop blanche afflua dans la chambre. Marco étala les pages sur son lit. Des factures. Des listes de références. Des textes écrits en chinois. Une commande de poulets, sur laquelle apparaissait un nom de société, Kiev Import. Et sur un bordereau, un tampon de douane, «Port de Ningbo, Chine». Marco chercha des notes manuscrites. En vain. Camille n'avait pas laissé de mot. À peu près dégrisé, il alla chercher sa tablette, tapa Kiev Import sur l'écran tactile. Le nom apparut dans un annuaire d'entreprises. La société était domiciliée dans une zone industrielle, près de l'aéroport d'Orly. Marco copia le numéro de téléphone, il essaierait plus tard. De toute évidence, Camille surveillait de près cette société, une boîte d'import-export qui commerçait avec la Chine. Était-elle véreuse? Camille était-il parti là-bas?

Marco bâilla. Six heures du mat. Soit il se recouchait, soit il se plongeait dans la lecture des documents. Dans un grand soupir, il s'empara de la liasse de factures. En regardant les austères colonnes de chiffres, il se demanda combien de temps il allait résister au sommeil. Il eut soudain un élan de commisération pour tous les comptables de la Terre. Comment diable faisaient-ils pour ne pas dormir au bureau? Il fallait vraiment qu'ils souffrent d'insomnie.

Il tint bon. Il décortiqua tous les rapports, nota ses remarques dans un carnet. Cette société importait en France de la nourriture chinoise, principalement du poisson, des crustacés et du poulet. Mais il y avait aussi des fruits et légumes, des boîtes de conserve… Jusque-là, rien d'anormal. Mais dans l'enveloppe figuraient aussi des résultats d'analyse. Ils portaient sur des lots de crevettes. Tous, sans exception, contenaient des antibiotiques. Et pas des moindres. Des médicaments interdits en raison de leurs effets secondaires. De vraies saloperies, que l'on ne trouvait normalement plus sur le marché. Mais Marco savait qu'il était facile de s'en procurer, notamment sur internet. Dans le Guangdong, province du sud de la Chine, des dizaines de petits laboratoires, planqués dans les campagnes, en avaient fait leur fond de commerce. Ils en produisaient des tonnes, qu'ils vendaient ensuite sous le manteau, à des prix défiant toute concurrence. Pour les producteurs de poissons et de crevettes, c'était la martingale. Ils en balançaient des bidons entiers dans leurs bassins, les crustacés n'attrapaient pas de maladie et il n'y avait pas de déperdition. Et tant mieux si la chair était un peu médicamenteuse, c'était tout bénef pour le consommateur : rien de tel qu'un saumon en papillote pour soigner un mauvais rhume.

Marco frotta vigoureusement ses yeux pour en chasser la fatigue. Il reposa son dossier, un peu frustré. Il aurait bien aimé relever quelques noms. Qui, par exemple, avait commandé ces analyses ? Était-ce Camille ? Impossible de le savoir, il n'y avait pas d'en-tête.

Sonnerie de téléphone. Marco se précipita sur son mobile. Il aurait donné cher pour voir apparaître le nom de son associé. Raté, c'était Andréa. Étrange. En général, à huit heures, il dormait tout son saoul, après avoir joué toute la nuit sur internet.

— Salut, c'est Andréa.

— Oui… Qu'est-ce qu'il y a ?

— Je voulais te prévenir que je ne viendrai pas demain. Ni après-demain, d'ailleurs. Je vais me mettre au vert, j'ai besoin de recharger mes batteries.

— Mais oui, bien sûr. Reviens lundi, ça te laisse cinq jours, ça ira ?

— Oui, c'est très bien.

Le silence s'installa. Andréa ne chercha pas à prolonger la discussion. Apparemment, il n'allait pas mieux. Et ce n'était pas Marco, avec son cerveau liquéfié et sa bouche pâteuse, qui allait trouver les mots pour le réconforter.

— Bon… À lundi, alors.

— Oui, à lundi.

Marco s'apprêtait à raccrocher, mais il se ravisa.

— Andréa, attends… As-tu déjà entendu parler de Kiev Import ?

Un long moment passa. Marco attendit patiemment qu'Andréa enregistre la question. Il ne fallait pas s'inquiéter. Jusqu'à midi, Andréa était en mode diesel, les informations arrivaient au cerveau en ordre dispersé. Après, tout s'arrangeait : la belle mécanique se mettait en branle et plus rien ne l'arrêtait. Le pic d'activité cérébrale se situait autour de minuit.

— Non, ça ne me dit rien, dit-il enfin. Pourquoi ?

— Quelqu'un m'a donné des documents, hier soir. Ce nom revient à plusieurs reprises. On ne sait jamais, tu aurais pu l'avoir vu quelque part.

— Non, désolé. Et c'était qui, cette visite ?

— Une certaine Lena. Elle venait de la part de Camille.

— De Camille ? Mais pourquoi ne nous en a-t-il pas parlé ?

— Je ne sais pas. Il y a forcément une raison. Il nous le dira quand il rentrera. Je pense qu'il a harponné un gros poisson.

— Je le pense aussi. À propos, tu n'as pas de nouvelles ?

— Non. Et j'avoue que je commence à m'inquiéter. Tel que je le connais, il est allé farfouiller partout. J'espère qu'il n'est pas tombé sur des dingues.

— Je l'espère aussi.

— Bon vent, Andréa. Reviens en forme, je vais avoir besoin de toi.

Lentement, Andréa reposa le téléphone. Marco pensait-il réellement qu'il allait le revoir? Il n'était donc au courant de rien. Tant mieux, tout serait encore plus simple.

Il s'étira et bâilla bruyamment. Toute la nuit, il avait planché sur ce fichu dossier. Il était vanné. Il lança l'impression du document. Tout en regardant sortir les pages, il se remémora cette soirée de mars, où tout avait commencé. Ces deux hommes qui l'avaient abordé à la sortie du métro. Leur offre folle : «Venez boire un café, nous vous donnerons dix mille euros. Et si vous acceptez notre proposition, vous en aurez dix mille de plus.» Andréa avait très vite compris ce qu'ils lui demandaient : profiter de sa situation chez TracFood pour rédiger un faux rapport d'audit. Il lui suffisait de s'inspirer d'un vieux dossier et de l'actualiser en changeant les noms. Des feuilles à en-tête, quelques coups de tampon et le tour était joué. Qu'allaient-ils en faire? Andréa préférait ne pas le savoir. Durant deux semaines, il avait composé un rapport – aussi fictif que laudateur – sur la société Kiev Import. En tout, une bonne trentaine de pages, truffées de fausses analyses et de missions de contrôle fantaisistes. Le résultat était impressionnant : le document semblait plus vrai que nature.

Enfin, l'imprimante se tut. Il ramassa les feuilles et les glissa dans une pochette plastique. Il fallait partir : il avait rendez-vous avec ses « clients ». Une petite voix intérieure lui conseillait de ne pas être en retard.

Tout en s'habillant, il essayait d'imaginer la suite. Il allait leur donner le dossier, récupérer l'argent, puis il quitterait Paris, le temps que tout s'apaise. Côte d'Azur ? Floride ? Il pouvait tout se permettre, il était seul. Pas d'attaches, pas d'affect, Marco était le seul homme qui lui ait fait confiance. En même temps, il n'avait jamais pris sa défense devant Camille. Dans ces circonstances, Andréa considérait qu'il ne lui devait rien et qu'il pouvait chasser le mot « loyauté » de son vocabulaire.

Le ciel était d'un blanc éclatant, comme si l'artiste qui, perché là-haut, composait le décor du monde n'avait pas trouvé de bleu sur sa palette céleste. Andréa ajusta le col de son imper, puis il s'engouffra dans le métro, sa sacoche sous le bras. Il n'était pas tranquille. Il se sentait observé et réalisait, un peu tard, qu'il prenait de gros risques. Ces deux types n'étaient pas des enfants de chœur. Que ferait-il s'ils refusaient de payer ? Et qu'ils le menaçaient ? Il aurait dû s'acheter une bombe lacrymogène, il se serait senti mieux.

Porte d'Italie, il était arrivé. Son pouls accéléra tandis qu'il montait l'escalator. Il aurait donné cher pour être plus vieux de deux heures. Il déboucha sur le boulevard Masséna et le traversa pour remonter l'avenue d'Italie. « Rue Tagore, une petite boutique qui ne paie pas de mine sur la gauche. On vous attendra à l'intérieur », avaient-ils indiqué. Trois cents mètres plus loin, il aperçut la fameuse devanture, juste à l'angle. Dire qu'elle ne payait pas de mine relevait de l'euphémisme. La vitrine était tellement crasseuse que l'on ne voyait rien à l'intérieur. Andréa poussa la porte, un simple panneau de bois. Une ampoule nue diffusait un halo tremblotant. De vieux ordinateurs s'entassaient sur le sol, dans un bric-à-brac de claviers empilés, d'écrans poussiéreux et de câbles électriques qui pendaient comme des lianes.

— Vous avez le dossier ? demanda une voix rauque, sans préambule.

Ils étaient là, dans l'obscurité. Andréa ne voyait pas leur visage, mais il sentait leur présence menaçante. Deux prédateurs prêts à bondir.

— Oui, parvint-il à articuler.

Masquant mal sa fébrilité, il s'avança vers eux, sortit la pochette de son sac. Il resta un long moment, le bras tendu, sans qu'ils ne bougent.

— J'espère que tu as bien travaillé, dit enfin l'un des deux hommes, en s'en emparant.

— Oui, tout y est ! Les fausses analyses, les audits d'usines trafiqués, les comptes rendus falsifiés. Il ne manque rien.

— Nous verrons ça plus tard. Pars, maintenant. Je ne veux pas que l'on nous voie ensemble.

— Oui, bien sûr. Et au sujet de mon…

— Tiens !

Andréa attrapa l'enveloppe au vol. Malgré sa peur, il la décacheta et compta rapidement les billets.

— Mais… Il n'y a que dix mille. On avait dit vingt.

— Je t'apporterai le solde lorsque j'aurai tout lu.

— Mais vous ne savez même pas où j'habite !

— Ne t'inquiète pas, nous te trouverons.

Ils se mirent à rire.

— Quand ? demanda encore Andréa.

— Très vite. Tu peux me faire confiance, je viendrai.

Andréa ressentit un besoin urgent de sortir. Il s'échappa à reculons, comme s'il craignait de recevoir un couteau entre les omoplates. Ces types le glaçaient. Il referma la porte brinquebalante derrière lui et cligna des yeux, ébloui par la soudaine luminosité. Le ciel avait viré au gris-rose, avec quelques flammèches violettes. Là-haut, le peintre céleste avait dû s'emmêler les pinceaux.

6

Un écolo à vélo, ça ne roule pas vite. Un écolo à moto, ça ne roule pas vite non plus, surtout s'il conduit un scooter électrique. Impossible de «mettre les watts», sans quoi la batterie se décharge au bout de vingt kilomètres. Marco jeta un coup d'œil au compteur de vitesse : 70 km/h. Jamais il n'aurait dû emprunter l'autoroute. Les voitures passaient comme des bolides, le frôlant parfois. Heureusement qu'il sortait à la prochaine bretelle.

Qu'allait-il chercher dans cette zone industrielle ? En admettant qu'il trouve la société Kiev Import, que ferait-il ? Dire au dirigeant qu'une prostituée lui a remis des documents compromettants sur l'une de ses cargaisons ? Dans le meilleur des cas, il se ferait fermement éconduire. Dans le pire, il atterrirait la tête la première dans le local à poubelles.

Orly, zone industrielle. Marco longea une route hérissée de panneaux publicitaires. Au loin, des bâtiments disgracieux en tôle ondulée : entrepôts, usines, halls de montage, centres logistiques. Des herbes folles. Du bitume éventré. Des creux et des bosses. Des lieux sans âme. Marco détestait ces atmosphères de fin du monde.

Il dut parcourir la rue principale dans les deux sens avant de trouver ce qu'il cherchait : Kiev Import. Le panneau, à moitié arraché, pointait en direction d'une construction d'acier et de rouille. Le parking était désert. Marco gara son deux-roues devant l'entrée. Il frappa à la porte, attendit un moment, jusqu'à ce qu'il se rende compte qu'elle était ouverte. Quand il la poussa, elle grinça comme dans un film de série B.

— Il y a quelqu'un ?

Un courant glacé balaya le hangar. Ses yeux s'habituèrent à l'obscurité. Marco put prendre la mesure du lieu. La salle, immense, était vide. Des détritus jonchaient le sol : canettes de bière, emballages éventrés, bidons d'huile, palettes de bois… Les occupants avaient récemment vidé les lieux. Dans une pièce attenante, un bureau avait été fracassé en deux. Des tiroirs gisaient par terre. Marco ramassa quelques feuilles. Des récépissés, des bordereaux administratifs. Il les parcourut rapidement. Aucun intérêt. Il ressortit à l'air libre. Pourquoi étaient-ils partis aussi vite ? Il fit le tour du bâtiment, trouva des bidons d'essence. Et sur le sol, des traces calcinées.

— Vous auriez vu ça ! On se serait cru à la Saint-Jean !

L'homme qui lui parlait était assis dans la cabine d'un poids lourd, à vingt mètres de là.

— Qu'est-ce qui s'est passé? Ils étaient combien?

— Quatre, je crois. Ils ont fait un tas de papiers, versé de l'essence et ont mis le feu. Les flammes ont bien atteint les cinq mètres.

— Vous les connaissiez?

Le chauffeur se mit à rire.

— Ils sont arrivés il y a six mois, sans même dire bonjour. Ils ne se sont jamais déridés. Un soir, nous les avions invités à boire un coup. Ils ne sont même pas venus. De vrais abrutis.

— Vous pourriez les décrire?

Le chauffeur le regarda en fronçant les sourcils. Sans doute se demandait-il à qui il avait affaire. Un policier? Un créancier? Mais il ne posa aucune question et se contenta de secouer la tête.

— Je ne les voyais pas souvent, je suis sur la route. Mais mon patron ne les aimait pas non plus, il les trouvait arrogants.

— Quand sont-ils partis, exactement?

— Oh, il y a bien trois jours.

— Ils avaient un véhicule?

— Une grosse camionnette. Mais ils avaient réceptionné un semi-remorque la veille. Je ne sais pas ce qu'il faisait là, et je n'ai pas cherché à le savoir. Je rentrais de Hongrie et je voulais voir ma femme et mes trois mouflets. Tout ce que je peux vous dire, c'est qu'il venait d'Ukraine.

— Vous êtes sûr?

— J'ai vu la plaque. Bon, c'est pas tout ça, mais il va falloir que je vous laisse. Je dois être à Barcelone demain matin, moi.

Tandis qu'il manœuvrait pour sortir du parking, il se pencha une dernière fois par la portière.

— On est bien contents qu'ils soient partis, vous savez. C'était pas très net, leur histoire.

— Pourquoi ? lui cria Marco.

— Souvent, ça puait là-dedans. Une odeur de chimie, de quoi vous retourner le cœur. Pour une boîte qui était censée vendre de la nourriture, c'est bizarre, non ?

Le camion s'éloigna dans un nuage de poussière, laissant Marco à ses questionnements. Une fille faisait irruption chez lui, elle lui remettait des documents sur une société véreuse qui, au même moment, déménageait en catastrophe. Et Camille qui ne donnait pas signe de vie.

Et s'il en profitait pour passer chez lui ? De retour de voyage, Camille coupait souvent son téléphone. Il se terrait dans son salon et se prenait une cuite monumentale. Le blues du retour, lorsqu'il se retrouvait chez lui, harassé, sans personne pour l'accueillir. Marco retourna à son scooter, il mit le contact, vérifia le niveau de la batterie. Il avait juste assez d'énergie pour faire le détour par les quais de Seine, à condition de rouler encore moins vite qu'à l'aller. Sauver la planète était vraiment un sacerdoce.

Un vent froid balayait les quais de Seine, forçant les rares promeneurs du matin à marcher courbés. Déstabilisé par les bourrasques, Marco traversa la passerelle à pas lents. C'était la première fois, depuis qu'il connaissait Camille, qu'il se rendait sur sa péniche. Ce n'était, pourtant, pas faute d'avoir essayé. Chaque fois qu'ils avaient dîné ensemble, Marco avait espéré qu'il l'emmènerait finir la soirée chez lui, devant un bon cognac. Mais Camille ne l'avait jamais invité. «Je vis dans une maison hantée, il y a trop de fantômes dans les murs», s'excusait-il. Marco n'avait jamais compris ses réticences. Qu'avait-il à cacher? Des cadavres dans les soutes? À moins qu'il ne vive avec deux femmes. Ou trois.

Marco ressentit donc une certaine curiosité lorsqu'il prit pied sur le bateau. Il traversa le pont extérieur, poussa une porte.

— Camille?

Pas de réponse. Le vestibule était jonché de vêtements et de papiers. Plus loin, des bris de vase et des fleurs fanées. Marco se précipita dans la pièce principale, un salon immense et très lumineux. Les étagères avaient été vidées, le vaisselier renversé. Une forte odeur de whisky flottait dans l'air. Elle provenait d'une bouteille fracassée contre un miroir.

— Camille? Tu es là?

Il courut vers la poupe du bateau, traversa une salle de bains, déboucha dans la chambre. Personne. Là aussi, des affaires gisaient en vrac sur le sol. Malgré son inquiétude, Marco prit le temps d'apprécier la décoration : murs en teck, hublots de cuivre, et, derrière le lit, une barre à roue et un vieux chadburn, cette colonne en métal qui, dans les cargos, permettait de transmettre les ordres – avant toute, arrière lente – à la salle des machines. Un vrai repaire de loup de mer.

Marco retourna au salon. Les visiteurs ne s'étaient pas contentés de fouiller l'endroit, ils avaient cassé tout ce qu'ils avaient pu. De toute évidence, ils en voulaient au propriétaire du lieu. Un canapé avait été lacéré, deux chaises fracassées. Une bouteille d'encre – Camille écrivait encore au stylo plume – avait été jetée contre le mur, formant une constellation de tâches noires. En d'autres circonstances, Marco aurait apprécié la performance : «du Pollock dans sa bonne période», songea-t-il. Soudain une porte claqua. Un courant d'air – à moins que ce ne soit l'un des fantômes de la péniche.

Il se sentit soudain très mal. Cet endroit l'oppressait. Il sortit à l'air libre pour réfléchir. Camille avait des pépins, mais comment l'aider ? Appeler la police ? Oui, mais pour leur dire quoi ? Que son associé s'était fait cambrioler lors d'un voyage à l'étranger ? Et qu'il demeurait injoignable depuis deux jours ? Au mieux, les flics rigoleraient. Au pire, ils prendraient son histoire au sérieux et viendraient fourrer leur nez dans leurs affaires. Et ce n'était vraiment pas le moment. Leur petite entreprise connaissait la crise. Pour tenir le coup, Camille et Marco avaient pris quelques libertés avec le fisc. Rien de bien méchant, quelques factures mises sous le tapis. Mais il valait mieux qu'elles y restent. Et puis, il y avait cette fameuse fille. Marco ne connaissait pas exactement l'histoire – les récits de Camille étaient toujours très évasifs –, mais une chose était sûre : son associé avait un dossier judiciaire, et pas des moindres. L'affaire datait de l'époque où Camille était officier de marine. Une passion subite pour une jolie rousse, lors d'une escale à Marseille, le mari rentré trop tôt et notre don Juan des mers s'enfuyant en sous-vêtements après avoir rossé l'époux. L'aventure se serait arrêtée là si l'homme n'avait été commissaire de police. Que s'était-il passé ensuite? Personne ne le savait vraiment, Camille adorait brouiller les pistes. Une fois, il aurait tâté de la prison. Une autre, il se serait réfugié en Andalousie, le temps que vengeance se passe. Où était la vérité? Un peu ici et un peu là, comme souvent avec Camille.

Une chose était sûre : il n'était pas en odeur de sainteté chez les poulets. Il leur suffirait de taper son nom pour comprendre à qui ils avaient affaire. Mieux valait se débrouiller seul, du moins pour l'instant.

Riff de guitare. «Can't get no satisfaction.» C'était le portable de Marco. Numéro masqué.

— Allo? C'est Turenne. Comment vas-tu?

Marco masqua mal sa déception. Il aurait tellement aimé que ce soit Camille.

— Bonsoir Turenne, ça va bien, et vous?

Turenne Duthoit-Monchal. Le meilleur ami de son père. Le jour de sa mort, Turenne était venu voir Marco. Il lui avait promis de veiller sur lui et il avait tenu parole. À plusieurs reprises, Turenne avait répondu présent. Il l'avait aidé à financer ses études et il avait soutenu sa mère, le jour où elle avait failli se faire exproprier. Plus récemment, il lui avait mis le pied à l'étrier. Sans lui, TracFood n'aurait jamais vu le jour. Turenne avait été leur premier client. Il les avait fait intervenir dans sa société, un groupe agro-alimentaire qu'il avait créé, vingt-sept ans plus tôt. D'abord, en leur confiant une mission d'audit, puis une autre. Depuis, leur collaboration n'avait jamais cessé. Aujourd'hui encore, ils avaient un contrat en cours : une histoire d'usines à certifier et de nouveaux fournisseurs dont il fallait s'assurer du sérieux. C'était sans doute la raison de son appel : il voulait savoir où en était le dossier.

— Nous avons quasiment bouclé les visites de sites, annonça Marco, avant que son interlocuteur n'ait eu le temps de lui en demander plus. Mais ce serait mieux d'en parler de vive voix, non ?

— Oui, bien sûr. Voyons-nous demain soir, qu'en penses-tu ?

— Parfait. On se retrouve où ?

— Ça dépend... Tu aimes toujours les escalopes milanaises ?

— Oui.

— Alors viens me chercher au boulot, il y a un bon italien juste à côté.

Le temps de se mettre d'accord, Marco était arrivé à son scooter. Il tourna la clé. Pas de contact. Il essaya plusieurs fois, sans succès. La batterie était à plat. Il poussa un juron, donna un coup de pied dans sa machine. C'était bien, le zéro CO2, mais un peu contraignant. Il n'aurait pas fallu grand-chose pour qu'il troque son scooter électrique contre un bon vieux 125 cm3 bien polluant.

Le tramway le laissa Porte de Vanves devant un choix cornélien : prendre à gauche vers sa société ou partir à l'opposé et rentrer chez lui. Marco n'hésita pas longtemps. La perspective de se retrouver seul dans ce grand bureau lui donnait le cafard. Il décida d'aller à pied à Malakoff. La marche libérait la pensée, peut-être une idée géniale naîtrait-elle pendant le trajet… Résolument, il partit à l'assaut des immeubles disgracieux qui barraient le paysage. Il devrait ensuite franchir le périphérique pour rejoindre cette ancienne cité ouvrière, devenue en quelques années le repaire des bobos parisiens en mal d'espace. Tout en marchant, Marco essaya de mettre ses idées au clair. D'abord, Camille décidait de partir à l'étranger. Où ? Mystère. La veille, il confiait des documents à Lena, avec mission de les donner à Marco. En mains propres. Peu après, sa péniche était mise à sac. Pas besoin de s'appeler Hercule P. ou Sherlock H. pour deviner ce que les cambrioleurs recherchaient.

— Il va falloir que je regarde ces papiers de plus près, murmura-t-il.

Quelque chose lui avait échappé. Camille ne se serait pas donné tout ce mal pour rien.

Des toits colorés apparurent au loin : «Malak» dans tous ses états. Une ville de briques et de broc, avec ses bistrots improbables, ses garages sans âge, ses venelles mal pavées, où résonnaient encore les sabots des couturières d'antan et ses bicoques décrépies, parfois égayées par un immeuble haussmannien ou un loft en verre et béton anthracite. Malak, son charme désuet, ses façades années 30 et ses vieilles fabriques lorgnées par les promoteurs.

Marco passa devant un entrepôt désaffecté. Par l'une des fenêtres, il entendit un solo de batterie. C'était jour de répétition pour les Stormy Monday. Cinq jeunes sympas qui jouaient du bon blues-rock. Un soir, il avait assisté à l'un de leurs concerts. Un peu rugueux parfois, mais au moins c'était du vrai son, pas ces bidouillages électroniques qui, une fois mixés, avait un goût de soupe fadasse.

Il bifurqua vers la droite et se retrouva rue Chauvelot – Alexandre de son prénom. Un drôle de bougre, celui-là : marchand, rôtisseur, chansonnier... L'homme avait tout tenté avant de devenir promoteur, au début du dix-neuvième siècle. Un jour, il a l'idée de racheter des parcelles «faites de boue et de crachat», comme on désignait alors les villages de Plaisance, de Vanves et de Montrouge. Bien inspiré, il vend ces terrains aux classes laborieuses, qui s'empressent d'y construire des maisonnettes avec les pires moellons des carrières parisiennes. Comique, quand on sait à quel prix ces masures s'arrachaient aujourd'hui.

Marco s'arrêta devant un bistrot à la devanture fatiguée. Il n'avait rien mangé de la journée, et Raymond pourrait toujours lui préparer un plat chaud. «Une bricolade», comme il disait. Un bout de viande, des haricots en boîte, des saucisses de Strasbourg... Et en entrée, les incontournables harengs-pommes à l'huile ou œuf-mayo. Depuis quarante ans, Raymond proposait la même carte. «Et personne ne s'en est jamais plaint», fulminait-il, lorsqu'un nouveau client lui demandait s'il avait «autre chose» à manger. Quelle idée, aussi...

— Salut Raymond, je peux encore grignoter ?

Il aurait pu s'étonner, faire une remarque ou même plaisanter, mais il ne dit rien. Raymond ne disait jamais rien, sinon le strict nécessaire.

— Assied-toi là, je vais voir ce que je peux faire, répondit-il simplement.

Il posa son torchon, regarda vaguement dans son frigo.

— Il me reste du hareng, dit-il d'une voix atone. Et un jambon-flageolets pour suivre. Ça te va ?

Marco faillit lui répondre qu'il ne pouvait rêver mieux et qu'il n'y avait rien de tel qu'une bonne tranche de porc cellophanée pour retrouver goût à la vie. Mais il s'en abstint. Raymond n'avait pas d'humour, il l'aurait mal pris. En réalité, personne ne s'en serait aperçu, car il donnait toujours l'impression de faire la tête. Mais n'était-ce pas sa force, après tout? Raymond était inaltérable. Marmoréen. Il survivrait à tout. Lorsque le monde ne serait plus, lui continuerait d'astiquer ses verres à pied. T'es un champion, Raymond. Ne change rien.

Marco alla s'asseoir sur une vieille banquette en cuir, récupérée dans un dépôt de la Ratp.

— Tu veux boire quelque chose? cria Raymond dans un fracas de bouteilles.

— Une pression, s'il te plaît. Une blanche.

Enfin, Marco allait pouvoir souffler. Il étendit ses jambes sous la table en formica et se laissa porter par le vieil air de jazz qui sortait du transistor. «In my solitude», fredonna Louis Armstrong. Une vieille dame entra dans le café. Elle s'assit au comptoir sans rien dire. Machinalement, Raymond lui prépara son petit noir. Aucun des deux n'avait ouvert la bouche et pourtant, il y avait une vraie connivence entre ces deux personnages, un peu comme chez ces vieux couples qui, au restaurant, ne s'adressent pas la parole du repas. Arrivait-il un moment, dans la vie, où l'on avait tout dit?

Marco eut soudain envie d'appeler Lena. Il regarda la pendule qui trônait au-dessus de la porte. Il était plus de dix-neuf heures. C'était trop tard, elle devait être en train de… travailler. À cette idée, Marco se sentit étrangement gêné. Il n'arrivait pas à imaginer cette petite chose entre les mains de clients empressés. Elle était trop belle, trop pétillante. Comment avait-elle pu se retrouver dans cette nasse? Il hésita, puis il finit par sortir le paquet de cigarettes sur lequel elle avait griffonné ses coordonnées. Il sortit son portable, voulut composer le numéro, mais l'affaire se révéla plus difficile que prévu. Les chiffres ressemblaient à des bouts de ficelle emmêlés. Une véritable écriture-spaghetti. Il finit par les déchiffrer, un peu au hasard.

— Oui ?

Une voix douce, un brin angoissée. C'était bien elle.

— Lena ? C'est Marco. Est-ce que je peux vous…

Un homme rugit dans le téléphone, avant même qu'il ait pu finir sa phrase. Marco entendit des aboiements, un bruit sec, sans doute une gifle, puis ces mots, écorchés par un accent rauque :

— Qui est à l'appareil ?

Marco sentit un souffle glacial le transpercer. Cette voix puait la violence et la vinasse. Elle laissait un goût de sang dans la bouche.

— Qui est là ? Allo ?

Marco raccrocha précipitamment. Jamais il n'aurait dû l'appeler. Il l'avait mise en danger. Pire que tout, il avait coupé le seul fil qui le reliait à Camille. Car elle en savait bien plus qu'elle ne le montrait, Marco en était persuadé. Camille ne lui aurait jamais confié de documents s'il n'avait confiance en elle. Il lui avait certainement fait part de ses intentions.

— Il me reste une part de flan, ça te dit ?

Marco comprit soudainement pourquoi il appréciait tant ce restaurateur, pourtant aussi engageant qu'une devanture de Pôle emploi. Raymond faisait office de «prise de terre», il était un point de contact permanent avec le sol. Raymond, c'était l'homme de la mesure. Il dégonflait les baudruches, baissait le volume et rembobinait son cerf-volant avant qu'il ne crève un nuage. Raymond refusait toujours le dernier verre et cessait de jouer quand il gagnait. Il avait peur du «coup de trop». Merci pour le flan, Raymond. Une autre fois, peut-être.

À contrecœur, Marco se résolut à rentrer chez lui. C'était pourtant le dernier endroit où il avait envie d'être en ce moment. Car à l'intérieur, tout le ramenait à Kristel, des mugs à l'effigie de Simenon, rapportés de Belgique lors d'un week-end en amoureux, jusqu'aux coussins du canapé qu'elle avait cousus elle-même – de façon assez catastrophique, il fallait bien le dire. Kristel avait de nombreux talents, mais elle n'était pas femme à manier l'aiguille. Marco tenta de la chasser de sa tête, car l'évocation était trop douloureuse. Il ferma les yeux, mais ses pensées l'entraînèrent aussitôt vers un autre visage. Une grande gueule barbue qui, elle aussi, venait de sortir de sa vie sans crier gare.

— Tu me manques, capitaine Haddock, murmura-t-il. Je donnerais cher pour savoir où tu te trouves.

7

La chaîne crissa lorsqu'il se retourna sur sa natte. Le bruit métallique le tira de sa torpeur. Camille se dressa péniblement sur un coude. Où était-il? Pas sur sa péniche, en tout cas. Le carré de nuit étoilée qui se découpait sur le mur d'en face n'avait pas une forme de hublot. Une sirène mugit au loin.

Un cargo.

Un port.

Odessa.

Zarov.

Camille avait une sensation étrange, comme si son cerveau se remettait en marche après une longue période de glaciation. Depuis combien de temps dormait-il dans cette pièce? Impossible de réfléchir correctement, les pensées défilaient dans sa tête, sans qu'il parvienne à les arrêter. Sa conscience s'effilochait, elle partait en lambeaux. Un tremblement traversa son corps. Il avait froid sur ce matelas sans couverture. Il voulut se lever, mais la chaîne reliée à son cou le ramena à une réalité pénible : il était attaché à ce lit comme un chien. Totalement lucide, maintenant, il se tourna vers la porte et hurla :

— Zarov ! Viens t'expliquer, espèce de lâche !

Le couloir resta silencieux.

— Tu ne vaux rien sans tes hommes ! cria-t-il encore.

Il se mit à grelotter. Quel imbécile ! Pourquoi n'avait-il pas prévenu Marco ? C'était une folie d'être venu seul. Il n'y avait plus qu'à espérer que la petite Lena ait respecté sa promesse. Au loin, une mouette poussa un cri strident, qui résonna comme une ode à la liberté. Camille se recroquevilla sur son lit. Et la nuit oppressante et glacée se referma sur lui.

8

La grue arracha le conteneur au pont du cargo. Elle le souleva au-dessus du mât de misaine et l'achemina jusqu'au quai. Le caisson heurta le sol dans un bruit sourd. Zarov empoigna son talkie-walkie.

— Imbécile! vociféra-t-il. Tu ne peux pas faire attention? Il y en a pour un million de dollars à l'intérieur!

Rageusement, il donna un coup de pied dans une caisse en bois. Depuis le début du déchargement, Zarov n'avait pas quitté son poste d'observation, une plate-forme de grue, vingt mètres au-dessus du sol. Il surveillait tout : ses hommes qui s'activaient sur le dock, le camion qui s'éloignait dans la nuit, lesté de deux conteneurs, et un autre véhicule qui prenait sa place, remorque vide.

— Plus que deux et on pourra se tirer d'ici, cria-t-il à son comparse, barbiche et crâne rasé, engoncé dans un imperméable noir, qui ne le quittait pas d'une semelle.

Le lobe de son oreille gauche était coupé, d'où son surnom.

— Va voir les hommes, Van Gogue! Presse-les un peu. Le vent se lève, j'ai peur que cela ne complique les opérations. Je serai plus tranquille quand la marchandise sera dans l'entrepôt.

Van Gogue redescendit sans un mot. Zarov sortit un cigare de sa poche, il le huma et le pinça entre ses lèvres. Cinq conteneurs. C'était son plus beau coup. À l'intérieur, on trouvait de tout : des vérins hydrauliques, des tronçonneuses, des moteurs, des extincteurs, des écrans plats… Il ne s'agissait que de contrefaçon, naturellement. De parfaites imitations *made in China*. Dans le meilleur des cas, l'appareil fonctionnait un an ou deux. Dans le pire, il vous explosait entre les mains et vous perdiez un doigt ou deux.

Zarov alluma son cigare et se laissa porter vers le large. Des dizaines de petites lumières dansaient sur l'horizon. Des *feeders*, ces navires «nourriciers» qui sillonnaient la mer Noire dans une noria sans fin. Ceux-là arrivaient d'Istanbul, où ils avaient fait le plein de marchandises venues d'Asie. Une corne de brume mugit dans le lointain.

— Comme cette musique est douce, murmura-t-il.

Ces navires symbolisaient sa renaissance. Sa rédemption. Son ancienne vie s'était finie dans une ruelle de Kiev, il y avait tout juste trois ans. Deux balles dans le dos. Un monde qui s'efface.

Tout ça pour une sombre histoire de territoire, un bloc d'immeubles qu'il n'aurait pas dû investir. Le gang qui contrôlait la place lui avait déclaré la guerre. Des brutes sans foi ni loi qui s'étaient déchaînées, sans même chercher à discuter. Zarov n'avait pas fait le poids. Son plus fidèle lieutenant avait été pendu avec du fil électrique. L'un de ses hommes avait été décapité, les autres s'étaient enfuis. Zarov s'était retrouvé seul. Pour leur échapper, il s'était rendu à la police. Mauvaise idée. *Popal iz ognia da v polymia* – «échapper au feu pour tomber dans les flammes», disait-on en russe. Les gangsters étaient des enfants de chœur à côté des flics. Torturé, violé, Zarov avait passé dix jours dans une cave sordide, en plein hiver, avant d'être balancé dans une décharge. Là, un policier l'avait achevé comme une bête, à bout portant.

Contre toute attente, Zarov avait survécu. La rage l'avait maintenu en vie, tout comme la maladresse de l'homme chargé de l'exécuter : trop ivre pour bien viser, il lui avait juste brisé deux côtes. À bout de forces, Zarov avait fui la capitale ukrainienne et s'était réfugié à Sofia. En peu de temps il s'était refait une santé. Trafic de voitures, deux ou trois filles sur le trottoir pour arrondir les fins de mois… Une fois d'aplomb, Zarov avait retrouvé son appétit. Un homme de son calibre ne pouvait se contenter de quelques «bricolages».

C'est alors qu'il découvrit le monde merveilleux de la contrefaçon. D'emblée, il sentit qu'il avait trouvé la martingale. D'abord, il s'acoquina avec des industriels véreux qui fabriquaient de faux accessoires de voiture : volants, pare-soleil, appuis-tête... Zarov les écoula sur le marché tchèque. Enhardi par ce succès, il leur demanda de produire des pièces plus complexes, comme des pare-chocs ou des rétroviseurs. Ils partirent sur le marché polonais. Zarov réalisa alors qu'il devait changer de partenaires, ceux-là n'étaient pas assez bons. Leurs produits étaient de mauvaise qualité, ils finiraient par se faire repérer par les services de répression des fraudes. Il fallait monter en gamme. À plusieurs reprises, il se rendit en Chine. Il y rencontra des experts du copiage qui lui promirent des miracles. Du faux plus vrai que le vrai. L'illusion parfaite. Brillant à l'extérieur, toc à l'intérieur.

Zarov leur fit confiance. Il eut raison, car les Chinois tinrent parole. Cafetières dernier cri, lecteurs DVD, disques durs... Toutes les semaines, des conteneurs entiers arrivaient dans le port d'Odessa. Le génie de Zarov fut de vendre ces produits à un prix élevé, mais moins cher, toutefois, que les «vrais» modèles. La ressemblance était telle que bon nombre d'enseignes s'y laissèrent prendre. Tambour battant, elles organisèrent des «promos à prix imbattables», un peu partout en Europe. Bien que de piètre qualité, ces articles fonctionnaient suffisamment longtemps pour que l'on ne devine pas la supercherie. Il y eut bien quelques plaintes, une ou deux électrocutions,

mais elles furent étouffées. Rien n'arrêtait Zarov
& Cie, l'une des entreprises criminelles les plus
rentables d'Europe.

Le cinquième conteneur se balançait au-dessus
du quai. Zarov ne put cacher sa satisfaction. Celui-
là, c'était sa dernière trouvaille : deux tonnes de
fausse bouffe fabriquée dans une usine cradingue,
au fin fond du Yunnan. Le bouillon cube? Il avait
tout du vrai. Même emballage, même consistance
poisseuse, même odeur fétide que l'original. Mais
ce n'était qu'une pauvre gélatine assaisonnée
«d'arômes de goût», un immonde cocktail chimi-
que censé lui donner un semblant de saveur. Et
pour la couleur, rien de tel qu'une bonne dose
d'érythrosine 127, une substance qui conférait
aux «aliments» une belle teinte brune. «Couleur
bœuf», avait-il stipulé à ses amis chinois. Et tant
pis si ce colorant était interdit en Europe parce
qu'il avait déclenché des cancers de la thyroïde
chez des rats de laboratoire; il était tellement bon
marché qu'il permettait de produire des tonnes de
faux bouillon à un coût ridicule. C'était le calcul
de Zarov : jouer sur les volumes. Ce produit ne
valait rien – deux euros le carton de dix. Mais s'il
en vendait des centaines, il gagnerait des fortunes
sans prendre de risque. Qui s'imaginerait qu'un
esprit humain soit assez tordu pour fabriquer du
faux bouillon cube... C'était comme le concentré
de tomates. Zarov avait donné carte blanche à son
fournisseur. Peu importait la qualité : écrasées,

vertes ou pourries, il pouvait broyer toutes les tomates qu'il trouvait dans ses machines, même celles dont les Chinois ne voulaient pas! Une bonne dose de nitrite de potassium là-dessus pour qu'elles ne pourrissent pas trop vite, et il en fourguerait des palettes entières aux supermarchés parisiens. Le tout, c'était de soigner la présentation : pas de points de rouille sur les boîtes de conserve ou de fautes d'orthographe sur l'étiquette. Et pour aguicher l'honnête père de famille, une jolie mamma à la poitrine généreuse en train de servir des spaghettis.

Zarov tira longuement sur son cigare. Sur le quai, ses hommes tentaient d'arrimer le dernier conteneur sur une remorque. Le caisson métallique tanguait sous les bourrasques. Tous s'agitaient autour de l'attelage sans parvenir à le stabiliser. C'était un étrange spectacle, ces silhouettes qui dansaient autour du poids lourd. Un vrai ballet nocturne. Un opéra-bouffe sur les docks d'Odessa.

— Zarov?

— Oui, qu'y a-t-il? répondit-il sèchement.

C'était Bohdan. Le petit nouveau de la bande. Un gringalet, comparé aux autres, tous des montagnes de muscles. Mais un vrai génie de la finance. Le roi de l'arnaque à la TVA. Le Mozart du blanchiment. Il peina pour reprendre son souffle; grimper l'échelle d'acier lui avait coupé les jambes. Patiemment, Zarov attendit qu'il revienne parmi les humains.

— Pardonnez-moi... C'est le prisonnier...

— Qu'est-ce qu'il a?

— De la fièvre. Il délire.

— Moi, il me paraît très en forme, s'esclaffa Zarov. Je suis passé le voir tout à l'heure, il m'a agoni d'injures.

— Il fait froid dans cette cave. Et il n'a rien mangé depuis deux jours.

Zarov le regarda durement.

— Et alors quoi? Tu veux prendre sa place?

— Non non! Mais j'avais peur qu'il...

— Tu n'es pas payé pour avoir peur, rétorqua Zarov, sèchement. Mais puisque son sort te soucie tant que ça, tu seras désormais responsable de lui. Donne-lui à manger et trouve une couverture. Il doit rester en vie. Du moins pour l'instant.

Bohdan fila sans demander son reste. Le conteneur avait enfin été fixé sur la remorque. Un sifflement retentit. Le camion démarra et s'éloigna dans un nuage de fumée noire. Au loin, les premiers feux de l'aube embrasaient l'horizon. Zarov rajusta sa veste en cuir. Son cigare s'était éteint, il le jeta dans le vide. À cet instant, une forme évanescente fila sous ses yeux. Un rire gourmand. Un parfum musqué et des frous-frous de dentelles. Il n'y avait qu'un endroit, à Odessa, où l'on trouvait des filles au petit matin : *Chez Oxana*, le claque le plus improbable de la Caspienne. Travesti sans âge, Oxana accueillait le Tout-Odessa, et bien au-delà. Ministres, veuves consolables, chefs mafieux et romantiques esseulés se mêlaient dans le caveau mal éclairé. L'argent passait sous les tables, les flingues sortaient parfois des étuis. On s'y saoulait, on y corrompait et l'on y rencontrait des créatures à la sexualité flottante. En réalité, on ne savait jamais vraiment qui l'on emmenait dans les alvéoles discrètes aménagées dans les recoins. Seuls quelques habitués, dont Zarov, avaient droit au «premier choix», selon l'expression d'Oxana. Des filles sublimes, qui connaissaient par cœur les caprices de leurs clients. Et aujourd'hui, Zarov se sentait particulièrement capricieux. Il se dirigea vers l'échelle métallique. Il était temps d'oublier ses vérins, ses écrans plats et sa fausse bouffe. Le bouillon cube, il en avait soupé. Il lui fallait de la vodka, et tant pis si elle était frelatée.

9

Les deux cadavres gisaient à ses côtés, immobiles. Marco ne se souvenait de rien, et certainement pas d'avoir descendu ces deux bouteilles. Le Menetou-Salon était passé sans problème, mais il n'aurait jamais dû s'attaquer au rhum. Il voulait juste en boire un verre, en hommage à Camille, mais il n'avait pas résisté longtemps à la tentation.

Sa vue était tellement brouillée qu'il ne put lire l'heure affichée sur le radio réveil. Au moins neuf heures, s'il en jugeait par le bruit qui montait de la rue. Il s'assit sur le rebord du lit, un peu trop vite toutefois. La fenêtre se mit à tanguer, tandis qu'une douleur sourde s'installait dans l'arrière de son crâne. Marco détestait les réveils nauséeux, il ne supportait pas l'idée de devoir rester prostré comme un légume, tout ça parce que des vapeurs d'alcool se baladaient dans son cerveau. L'ivresse ne laissait que des regrets dans son sillage, rarement des moments de joie. Juré, il ne boirait plus. En tout cas pas avant d'avoir retrouvé Camille.

Tout tournait autour de lui. Il se rallongea. Il fallait attendre.

Et attendre encore.

Café au citron. Œufs crus. Pamplemousse. Sans oublier la cuillère d'huile d'olive. Merci grand-mère, mais tes recettes ne marchaient pas, il les avait toutes essayées. Même les tisanes de bourrache et de kudzu. «Tout ça ne servait qu'à vendre du papier, ou plutôt du clic», songea-t-il en sombrant dans le sommeil.

Lorsqu'il rouvrit les yeux, il sut tout de suite qu'il avait touché terre. Plus de roulis ni d'horizon mouvant, mais une soif inextinguible. 15 h, indiquait le réveil. Il but à même le robinet, voulut ouvrir les volets, se rendit compte que le voyant du répondeur clignotait. Il l'enclencha, le cœur battant. Camille? Kristel?

Ce fut sa mère. «Je suis tellement triste, Marco, dit une petite voix fluette. Après tous les sacrifices que j'ai consentis… Je t'ai élevé à la force de mes bras, j'ai tout fait pour que tu oublies l'absence de ton père, et toi, comment me remercies-tu? En m'enfermant avec des vieux qui passent leurs journées à jouer au bridge. C'est un mouroir, ici! Je voudrais tant rentrer chez moi.» Marco coupa brusquement le son lorsqu'il l'entendit sangloter. Pas aujourd'hui. C'était trop, il n'était pas de taille à lutter. Il jeta les bouteilles, arrangea son lit et se précipita sous la douche. Surtout, ne pas gamberger. Il lui avait proposé de venir vivre à Paris, elle avait refusé. Elle ne voulait pas changer de vie. Entendre pleurer sa mère lui fendait le cœur, mais il ne devait pas culpabiliser. Qu'aurait-il pu faire d'autre ? En vérité, elle ne lui avait laissé aucun choix.

Serviette autour des hanches, il sortit de sa salle de bains dans un nuage de vapeur. Le sol était constellé de grosses flaques. Si Kristel avait été là, elle aurait poussé des cris horrifiés et l'aurait traité d'otarie, parce qu'il était incapable de se laver sans asperger les murs.

Tandis qu'il se dirigeait vers sa chambre, des grattements retentirent contre la porte. Marco s'immobilisa. Il était torse nu, les cheveux mouillés. Le temps de s'habiller, son visiteur serait parti. Il s'approcha de l'entrée, regretta de ne pas avoir installé de judas optique. Il aurait tout de suite su à qui il avait affaire. Il entrebâilla la porte, passa une tête ébouriffée.

— Oui ?

— C'est moi. Je peux entrer ?

C'était Lena. Ou plus exactement, Lena qui s'était fait tabasser. Son œil gauche disparaissait dans les plis boursouflés de sa paupière. Ses joues étaient écorchées, comme si une poigne sadique avait râpé son visage contre un mur. Elle tenta de sourire, mais sa lèvre supérieure était trop abîmée. Marco se sentit tellement mal qu'il mit un temps infini à parler. Il ne trouva rien d'autre à dire que d'avouer sa légèreté.

— C'est à cause de moi…

Elle baissa les yeux.

— Je t'avais dit de ne pas appeler trop tard. Mais ne t'en fais pas, cela devait arriver un jour.

— Pourquoi dis-tu ça?

— Je n'en pouvais plus, j'ai supporté plus que je n'aurais dû.

— Et moi qui croyais que tu faisais ça de ton plein gré.

— Mais oui, bien sûr, j'ai toujours rêvé de cette vie! Toute petite, déjà, je voulais passer mes nuits avec des porcs libidineux. Et l'idée de vivre été comme hiver dans une chambre humide de quatre mètres carrés me transportait de joie. Si, je t'assure!

Elle le fusilla de son œil indemne.

— Je ne sais vraiment pas pourquoi je suis venue. Je vais aller dormir chez une copine. Elle, au moins, ne me posera pas de questions stupides.

Elle tourna les talons et commença à descendre l'escalier.

— Non, non, attends! s'écria Marco.

Il ouvrit la porte en grand. En le voyant, drapé dans son pagne blanc, elle pouffa.

— Tu n'es pas seul? Il fallait me le dire tout de suite. J'espère que je ne gâche pas encore tes retrouvailles avec ta chérie.

— Non, je suis seul. Elle n'est pas revenue et je ne pense pas qu'elle revienne un jour. Entre! Ou attends-là que je me change. Enfin, fais comme tu veux.

Il était gêné. Lena ne se fit pas prier. Elle franchit le seuil en traînant la jambe. Il lui offrit son bras et l'accompagna jusqu'au canapé.

— Merci, murmura-t-elle. J'ai un bleu énorme sur la jambe.

— Je reviens, souffla Marco.

Il enfila un jean et courut chercher de la glace dans le congélateur.

— Ça va te faire du bien. Il faut mettre du froid sur les cocards. Je le sais, j'ai fait deux ans de boxe française, je suis devenu imbattable... dans l'art de me soigner.

Elle éclata de rire, mais le regretta aussitôt. Sa lèvre, coupée en deux endroits, la faisait souffrir.

— Laisse-moi faire.

Il passa le glaçon sur la blessure. Leurs regards se croisèrent. Cette fille dégageait quelque chose, un charme discret, presque effacé par les épreuves, qui la rendait touchante.

— Tu m'as tutoyée, dit-elle doucement.

— Pardon ?

— Tu m'as tutoyée. C'est nouveau. Jusqu'ici, tu m'avais toujours vouvoyée.

— Toi aussi. Je me demande d'ailleurs si ce n'est pas toi qui as commencé.

— C'est possible. Tu sais, les hommes me donnent rarement du «vous», ils me traitent comme une bonniche : «Tu prends combien ?»; Tu veux bien me faire ça ?» C'est rare que l'on me fasse des courbettes. Au début, je n'osais pas répondre, mais maintenant, je leur parle de la même manière, il n'y a pas de raison.

Malgré sa figure tuméfiée, elle arborait un petit air mutin. D'un geste las, elle se pencha pour retirer ses bottines. Elle portait les mêmes vêtements que la première fois. Même bustier parme et même jupe en simili cuir. Celle qui avait tant plu à Kristel.

— Tu n'as rien à boire ?

— Qu'est-ce que tu veux ?

— Du vin blanc, c'est possible ?

Il en avait une bouteille au frais. La seule qui ait survécu à sa razzia de la veille. Il la déboucha et lui servit un verre généreux.

— Tu n'en prends pas ?

— Non. J'ai trop picolé hier soir.

—Ah, c'est ça ! Je trouvais que tu avais une mine sinistre, toi aussi. Tu as fait la fête ?

— Pas vraiment, non. En deux jours, j'ai perdu ma fiancée et mon meilleur ami – en réalité, le seul que j'ai jamais eu. Je suis resté ici et je me suis bourré la gueule. Je n'avais pas la tête à rigoler.

Lena resta un long moment sans parler. Elle se massa les mollets, grimaça lorsque sa main remonta vers sa cuisse.

— Tu voulais vraiment te marier avec cette fille ?

— Oui, évidemment, s'offusqua-t-il. Pourquoi cette question ?

Elle se resservit un verre de blanc et sembla hésiter.

— Je peux vraiment te dire ce que je pense ?

— Oui, bien sûr.

— Je crois que tu n'aurais pas été heureux avec elle.

Marco respira profondément avant de lui répondre. Il ne s'attendait pas à ça. Et il n'était pas prêt à l'entendre.

— Écoute Lena, je suis désolé de ce qui t'est arrivé. Je me sens responsable, et c'est à ce titre, et à ce titre seulement, que je t'accueille ce soir. Mais je n'ai pas envie que tu t'immisces dans ma vie, surtout si c'est pour me mettre le cœur à l'envers. Je n'ai pas besoin de ça.

Lena baissa la tête.

— Excuse-moi, je voulais te consoler. Je n'aurais pas dû.

Elle se leva péniblement.

— Oh la la... J'ai l'impression d'avoir quatre-vingts ans. Je suis fourbue. Je peux prendre un bain ?

— Ce sera une douche, je n'ai pas de baignoire. Il y a des serviettes sous le lavabo. Il y en a même une rose, je crois.

— Je déteste le rose.

La grimace qu'elle lui adressa s'accorda parfaitement aux écorchures et poches violacées qui ornaient son visage. Refroidi par cette vision d'horreur, et tandis qu'elle disparaissait dans la salle d'eau, il alla se chercher un verre à pied. Au diable sa gueule de bois. Il n'allait tout de même pas la laisser siffler toute la bouteille. Surtout un Condrieu 2005.

— Je ne ressemble pas trop à un pingouin ?

Campée sur le pas de la salle de bains, Lena nageait dans un immense peignoir blanc. Ses cheveux encore humides collaient à ses joues. Elle souffla sur une mèche qui retomba piteusement sur son nez.

— Plutôt à un phoque, s'esclaffa Marco.

Elle soupira.

— Et moi qui pensais que tu étais galant. Mais tu n'es qu'un odieux macho, comme tous les autres.

— Malgré tous les pervers que tu côtoies, tu crois encore à la galanterie ? Je connaissais la putain respectueuse, voici la putain idéaliste.

— Où l'as-tu connue ?

— Qui ça ?

— Ta putain respectueuse.

Dans le sourire de Marco, Lena décela une pointe d'ironie. À moins que ce ne fût de l'indulgence. Elle préféra l'ignorer.

— C'est le titre d'une pièce de théâtre, dit-il. Elle raconte l'injustice sociale dans une ville du sud des États-Unis. Elle montre que les êtres qui sont au ban de la société ne sont pas les plus méprisables.

— Tu penses que je suis au ban de la société ?

Il l'avait cherché. Il était vraiment stupide.

— Je n'ai pas dit ça, Lena, je…

— Arrête, tu t'enfonces. Donne-moi plutôt un pyjama ou un bas de survêtement, je ne vais pas remettre ma jupe et mes collants.

Il alla lui chercher un vieux sarouel qu'il avait rapporté d'une excursion marocaine. C'était au cours de cette marche, au cœur de l'Atlas, qu'il avait rencontré Kristel. Il avait fait un froid de gueux durant toute la semaine. Les nuits glacées ne leur avaient pas vraiment laissé l'occasion de folâtrer. Ils avaient tout de même réussi à s'embrasser sur une dune, au coucher de soleil. En anorak.

Il secoua la tête pour chasser ces souvenirs. Pourquoi raviver la douleur? Il se resservit du vin. Lena vint s'asseoir à côté de lui. Elle se comportait simplement, comme s'ils étaient les meilleurs amis du monde. Elle aurait pu jouer de ses charmes, lui donner son corps en échange de son hospitalité, mais leur relation prenait une autre tournure. Et cela convenait parfaitement à Marco.

— Tu bois du vin, finalement? s'étonna-t-elle.

— Juste pour t'accompagner.

— Bien sûr! C'est ce que disent les ivrognes.

Ils trinquèrent joyeusement. Lena but son verre à petites gorgées, puis elle le reposa, soudain sérieuse.

— Je ne peux plus retourner là-bas, dit-elle. Ils me tueraient.

— Qui ça, «ils»?

— Les Bulgares qui me font travailler. Ce sont de vrais mafieux. Ils ont monté un réseau dans plusieurs pays d'Europe, principalement en France et en Allemagne. C'est un gang très bien organisé. Ils sont mobiles et discrets. Ils font tourner les filles avant qu'elles ne se fassent repérer. Le boss ne met jamais les pieds à Paris – sauf quand il faut remettre de l'ordre dans les affaires.

— Il est venu récemment?

— Oui.

— C'est lui qui t'a arrangée comme ça?

— Non, c'est son garde du corps.

— Ils ont d'autres business, à part la prostitution?

— Drogue, trafic d'armes… Je ne sais pas bien. J'ai rarement eu l'occasion d'en parler avec eux. La seule chose qui les intéresse, c'est de relever les compteurs.

— Et Camille? Qu'a-t-il à voir avec tout ça?

— Rien. Je l'ai rencontré il y a deux mois, dans un bar. Nous étions les derniers clients, il devait être minuit. Je ne sais pas combien de rhums il s'était envoyés… Il m'a offert un verre, j'ai accepté. Je le trouvais drôle avec sa barbe et ses joues bien rouges. Je crois que mon histoire l'a beaucoup ému. Lorsque le barman nous a mis dehors, Camille m'a raccompagnée jusqu'à mon studio. Je lui ai proposé de monter, mais il a refusé. Il m'a dit que je pourrais être sa fille. Ce qui ne nous a pas empêchés de nous retrouver au même endroit le lendemain soir. Et les jours suivants.

— Et ensuite?

— Quoi, ensuite?

— Et bien… Il s'est passé quoi?

Lena aurait éclaté de rire si sa lèvre ne la faisait autant souffrir.

— Tu veux savoir si nous avons couché ensemble, c'est ça ?

Marco ne sut quoi répondre. Cette discussion se goupillait mal, un peu comme un bouchon que l'on visserait de travers. Mieux valait s'arrêter là. Surtout, ne pas forcer. Heureusement, Lena mit fin elle-même au malaise.

— Disons que nous avons vite compris qu'il valait mieux être amis.

— Il s'est beaucoup confié à toi ?

Elle hocha la tête en signe d'approbation.

— Il m'a raconté sa vie de marin. Sa solitude. Ses échecs amoureux. Il m'a parlé de toi, aussi.

— Vraiment ?

— Tu comptes beaucoup pour lui. Il ne comprend pas toujours comment tu fonctionnes, mais tu l'aides à ne pas devenir fou. Je n'invente rien, ce sont ses mots.

Marco mit quelques instants à digérer la nouvelle. C'était tout de même fort. En deux mois, ce petit bout de femme en avait appris davantage sur Camille que lui en cinq ou six ans.

— Et toi, Lena, d'où viens-tu ? Ton histoire doit être terrible pour avoir brisé ce cœur de pierre.

— Tu parles ! C'est un faux dur. Toi aussi, d'ailleurs.

— Pas du tout, protesta-t-il.

— Tss tss... Je sais lire dans les yeux des hommes, je te l'ai déjà dit.

Elle se pencha pour prendre la bouteille, mais Marco la devança.

— Que veux-tu savoir ? Ma vie est triste, comme celle de toutes ces filles arrachées à leur village. Je suis née à Itchéra, c'est un bourg charmant, perdu en pleine nature, dans le sud-est de la Bulgarie. Les maisons sont en bois, les ruelles pavées de vieilles pierres qui datent de l'Empire ottoman. J'adore le printemps, tous les habitants fleurissent leurs balcons, c'est à celui qui sera le plus inventif ! J'ai beaucoup de souvenirs heureux de mon enfance. Mes parents étaient pauvres, mais ils nous aimaient, mon frère et moi.

— Tu as un frère ? Quel âge a-t-il ?

— Vingt-deux ans. Il est plus jeune que moi. Il s'appelle Pavel.

— Il vit toujours en Bulgarie ?

— Oui, il est seul, là-bas. Mon père est mort il y a trois ans, ma mère l'année dernière. Ces fumiers ne m'ont même pas laissée aller à l'enterrement.

Elle baissa la tête, ses épaules tremblèrent, comme si elle allait pleurer, mais elle parvint à se maîtriser.

— Mon frère compte tellement pour moi, je ne m'en remettrais pas s'il lui arrivait quelque chose.

Une ambulance passa dans la rue, sirène hurlante. Le mugissement fit trembler vitres et tympans. Cet appartement était mal isolé. Le propriétaire était d'accord pour que Marco change les fenêtres, mais il ne voulait pas payer.

— Quand es-tu arrivée à Paris ?

— Il y a quatre ans. J'étais tombée amoureuse d'un garçon, il s'appelait Piotr. Il était garagiste dans la ville de Jeravna, à une vingtaine de kilomètres de chez moi. Piotr était gentil, j'adorais son côté ténébreux. Il me parlait de mariage, il voulait fonder une famille. Et puis un jour, il m'a proposé d'aller en France. Il me disait que là-bas, nous aurions une situation confortable, un appartement, une voiture. Il m'a assuré qu'il pourrait me trouver un travail et qu'ensemble, nous échapperions à la misère. Il serait là pour moi, rien que pour moi. Et j'ai été assez sotte pour le croire.

Elle sortit un paquet de cigarettes de sa poche, en coinça une entre ses lèvres et l'alluma d'une main fébrile.

— Il ne m'a pas menti. Il m'a trouvé un travail. À peine arrivés à Paris, nous sommes allés chez l'un de ses «amis». Il y avait deux autres filles. Piotr m'a regardé, il m'a souri et il m'a dit que je ne devais pas m'inquiéter, que tout se passerait bien si j'étais obéissante. Il m'a promis qu'il reviendrait me voir et il est parti en me disant «je t'aime». Le salaud.

Marco n'osa pas lui demander la suite. Il l'imagina. Enfermée dans une chambre. Droguée. Tabassée. Violée. Les premiers clients. La honte, l'écœurement puis l'indifférence, quand le corps ne se rebelle plus et que l'âme est souillée jusque dans ses derniers recoins.

— Tu n'as pas essayé de t'échapper? dit-il simplement.

— Ce matin, c'est la quatrième fois que j'essaie. À chaque fois, ils m'ont repris et ont essayé de me briser. Le fouet, la tête dans la baignoire et, pire que tout, trois jours attachée dans un placard, sans eau et sans nourriture. Mais jamais je ne plierai. Un jour, je retrouverai Piotr. Et je le ferai payer.

Marco posa sa main sur son avant-bras.

— En tout cas, cette fois-ci, ils ne t'auront pas. Tu es en sécurité, ici.

Lena soupira. Ses paupières gonflées de sang se dessillèrent, formant une expression qui s'approchait de l'incrédulité.

— Tu ne les connais pas ! S'ils veulent me retrouver, ils y parviendront. Ce n'est qu'une question de temps.

Marco haussa les épaules.

— Toi non plus, tu ne me connais pas. Je ne suis pas du genre à me laisser faire.

Lena n'eut pas le temps de répondre. Une sonnerie de téléphone retentit.

— C'est une alarme, s'excusa Marco. Je l'avais branchée au cas où je ne me serais pas réveillé. Je dois partir, je suis invité à dîner. Tu peux rester ici. Repose-toi et mange ce que tu veux.

Il alla dans sa chambre, choisit une veste et une chemise. Elles n'étaient pas assorties, mais cela n'avait guère d'importance.

— Je ne serai pas absent longtemps, lui cria-t-il. Allonge-toi sur le canapé, si tu veux. À moins que tu ne préfères mon...

Il s'interrompit en revenant dans la pièce. Lena s'était recroquevillée sur un coussin. Elle dormait. Un moment, Marco la contempla, puis il prit sa pochette de cuir et quitta l'appartement en silence.

10

Marco gara son scooter près du parc Montsouris. Il escalada une barrière rouillée et se retrouva sur l'ancienne voie ferrée. Des herbes folles poussaient entre les traverses. Marco suivit les rails sur plusieurs centaines de mètres, puis il arriva devant un immense entrepôt, dont les murs blancs crémeux étaient couverts de graffitis bigarrés. Adossé contre le bâtiment, perché à dix mètres du sol, un cube en briques rouges reposait sur des piliers de béton. Chaque fois qu'il venait ici, Marco se disait qu'il fallait vraiment avoir un cerveau malade pour imaginer cet espèce de caisson sur pilotis, accessible uniquement par une échelle. Contre toute attente, un autre cerveau, tout aussi dérangé, avait accepté d'y élire domicile : Lim le Bidouilleur. C'était un être étrange et inclassable. Il se terrait le jour et ne sortait de son repaire qu'aux heures où d'autres se décidaient à dormir. Lim, c'était un croisement accidentel entre un sumotori et une gretchen albinos. Monstrueux. Marco ne connaissait personne qui attache aussi peu d'importance à son apparence. Il ne possédait qu'un tee-shirt, ce qui lui évitait les corvées de lessive. Été comme hiver, il portait des Crocs, ces odieux sabots de plastique dont l'un des pires défauts étaient d'être inusables, et cachait ses cuisses, grasses comme des jambonneaux, dans un pantalon de survêtement aux couleurs du Brésil. Sa mère était belge et l'avait jeté dans le grand bain de la vie le jour de ses treize ans. Quant à son père, il était « asiatique ». Lim n'en savait pas plus. Sa mère non plus, du reste. Elle ne l'avait connu que quelques heures, au cours d'une beuverie qui ne lui avait laissé que deux souvenirs : une effroyable migraine et une petite graine de hacker. Depuis son plus jeune âge, Lim passait sa vie devant des écrans. À force de nuits blanches et de bidouillages, il était devenu un expert en intrusion. Lim était un pirate, c'était sa fierté. Il n'avait pas connu l'amour et s'en moquait. Aucune femme, disait-il, ne lui ferait connaître le sentiment de toute-puissance qu'il ressentait lorsqu'il pénétrait un réseau informatique, de préférence militaire.

Prudemment, Marco grimpa à l'échelle métallique. La nuit commençait à tomber, il ne voyait plus grand-chose. Il fallait vraiment être motivé pour monter dans ce perchoir. Mais Marco ne connaissait personne d'autre qui sache lire le chinois.

Arrivé sous la trappe, il tapa du poing sur la tôle. Un courant d'air froid soufflait le long des murs. Il s'enroula autour de ses jambes et s'invita sous sa veste. Marco frappa de nouveau contre le battant métallique.

— Qui est là ? s'écria une voix fluette.

— Marco. Je suis seul.

Des pas lourds résonnèrent au-dessus de lui. Un bruit de verrou, puis un visage hirsute apparut dans l'ouverture.

— Tu ne peux pas prévenir ? Tu m'as fait une de ces peurs !

— Tu ne réponds jamais au téléphone.

— Je l'avais éteint. Mais il existe un nouveau système très prometteur qui permet de contacter les gens. Ça s'appelle internet et je pense que tu devrais…

— Bon ça va, laisse-moi entrer, ça caille dans ton nid d'aigle.

— Pas d'aigle, de pigeon. Et dépêche-toi, ils risquent de s'échapper.

— Qui ça ?

— Dépêche-toi, je te dis.

Marco se hissa dans l'ouverture. Un volatile passa au ras de ses cheveux et se réfugia sur le haut d'une armoire.

— C'est quoi, ça ?

— Ça, comme tu dis, c'est une pigeonne. Elle s'appelle Kate. Et là-bas, sur l'étagère, tu as William, son mari. Tu ne trouves pas qu'il a l'air princier ? Admire son port de tête, très droit, et sa collerette blanche autour du cou.

— Mais pourquoi gardes-tu ces pigeons ? Regarde, il y a des chiures partout !

Le courant d'air avait chassé l'odeur pestilentielle qui régnait dans la pièce, mais celle-ci avait bientôt repris ses droits. C'était à la limite du supportable.

— Je devrais nettoyer un peu, concéda Lim, mais je n'ai pas le temps. Ces bestioles me donnent beaucoup de travail. On ne devient pas colombophile en cinq minutes.

— Et ça t'a pris quand, cette belle idée ?

— Le jour où je me suis rendu compte que la NSA, l'Agence de sécurité nationale américaine, était entrée dans nos cerveaux. Plus moyen d'aller pisser sans que le bruit des gouttes soit enregistré sur un disque dur à six mille kilomètres d'ici. Même les hackers en sont victimes ! Alors je me suis dit qu'il n'y avait qu'un moyen d'envoyer des messages en toute sécurité : le pigeon voyageur. J'ai acheté Kate et William à prix d'or et je viens d'en recevoir deux autres. Ils sont dans la cage, là-bas. Je ne les ai pas encore déballés.

— Mais à qui veux-tu envoyer des messages ?

— Je n'en sais rien, on verra ça plus tard. Pour l'instant, j'apprends à les nourrir et ce n'est pas de la tarte ! Je leur ai acheté de l'orge, mais il paraît que c'est mauvais pour leur tube digestif. J'ai voulu commander du maïs sur internet, mais on ne trouve que du transgénique et moi, ça me débecte, les OGM, alors je leur donne ce que je mange : du pâté de foie, des biscottes et des sodas énergisants à la taurine. Ça ne peut pas leur faire de mal, des couilles de taureau. Ça les fera voler plus vite.

Lim regarda tendrement le couple qui roucoulait sur l'armoire. Boudiné dans son haut de survêtement, il mâchonnait bruyamment un bâton de réglisse.

— Qu'est-ce qui t'amène?

Il montra à Marco un pouf, posé dans un coin. Pour le conquérir, Marco dut déplacer des piles de livres et de câbles électriques. Comment pouvait-on passer ses jours et ses nuits dans une pièce sans fenêtre, encombrée de dizaines de cartons, sans devenir fou? Apparemment, Lim y parvenait. Il se laissa lourdement tomber dans son fauteuil, devant une batterie d'écrans.

— J'aimerais que tu me traduises quelques documents. C'est écrit en chinois, je n'y comprends rien.

Lim leva un sourcil.

— Pour que tu prennes la peine de venir jusqu'ici, ça doit être important. C'est un truc secret, du genre « rapport explosif » ?

— Pas du tout, ce sont des bordereaux de douane. Enfin, je le suppose.

— Ah, c'est pour le boulot? s'étonna Lim, visiblement déçu.

Marco lui remit la liasse de papiers.

— Ce sont surtout les noms qui m'intéressent.

— D'accord, je m'en occupe. À propos, tu n'as rien pour moi?

Lim et Marco s'étaient connus deux ans plus tôt, par internet. Marco lui avait vendu deux ordinateurs pour quelques dizaines d'euros. Une amitié, improbable, était née entre les deux hommes. Plus tard, Marco lui avait confié la maintenance informatique de TracFood.

— J'ai un vieux scanner, ça t'intéresse?

— Évidemment! Apporte-le demain quand tu repasseras.

— Merci Lim, dit Marco en se levant.

Il s'apprêtait à soulever la trappe, mais le cri suraigu de Lim le figea sur place.

— Ne les laisse pas s'échapper! À propos, rapporte-moi du pâté de foie, un bon kilo. C'est que ça mange bien, ces petites bestioles.

Marco se jura solennellement de ne plus jamais rendre visite à Lim un lendemain de cuite. Déjà, en temps normal, il avait du mal à supporter la puanteur qui régnait dans son taudis, alors aujourd'hui… C'était un miracle qu'il n'ait pas ruiné le lino beigeasse qui tapissait son antre.

L'air frais lui fit du bien. Il respira profondément et rejoignit tranquillement son scooter. Il n'était pas pressé : Turenne ne l'attendait qu'à dix-neuf heures, il lui restait une vingtaine de minutes pour rejoindre Tolbiac, c'était amplement suffisant. Il passa devant le parc Montsouris. Les grilles étaient fermées. Quelle tristesse; de quel droit mettait-on ainsi la nature en cage? Les jardins devraient rester ouverts en permanence aux buveurs et aux rêveurs.

Tout en mettant son casque, il se demanda ce qu'il allait dire à Turenne. La vérité? «Je n'ai aucune nouvelle de mon associé, je crains qu'il ne lui soit arrivé malheur, je suis dévasté et j'ai du mal à mettre de l'ordre dans mes idées. À part ça, tout va bien. » Sûr, il allait comprendre.

Il coinça sa pochette entre ses genoux. À l'intérieur, un épais dossier, le fruit de six mois de travail acharné. Turenne Duthoit-Monchal leur avait confié une mission importante : effectuer l'audit de ses usines et de ses fournisseurs. À la clé, un rapport qui permettra à Turenne d'obtenir un label très convoité, qui tient en trois lettres.

Bio.

Turenne était un industriel avisé. Il avait compris depuis longtemps qu'il ne ferait pas fortune en vendant du blé ou du maïs. Il s'était spécialisé dans les produits transformés, synonymes de jolies marges : plats cuisinés, jus de fruits, boissons lactées... Mais la concurrence s'était intensifiée. Son chiffre d'affaires n'avait cessé de s'éroder. Il avait donc eu l'idée de se lancer dans le bio, en partant d'un constat simple. Pas un mois ne se passait sans qu'éclate un scandale alimentaire : lasagnes fourrées à la viande de cheval, porc à la salmonelle, steaks avariés, lait à la mélamine, poulets à la dioxine... Les consommateurs n'en pouvaient plus de la malbouffe. Ils cherchaient des saveurs-refuge. Pour être sûrs qu'ils ne mourront pas dans d'atroces souffrances, le foie dévoré par la bactérie Escherichia Coli, ou qu'ils ne perdront pas un bout d'intestin à cause de la listeria, ils étaient prêts à payer. Cher. Et quoi de plus rassurant que le mot «Bio», plaqué sur les étiquettes dans une jolie teinte chlorophylle? C'était ce créneau que Turenne voulait conquérir. Et tant pis si on l'accusait de profiter de ce «marché de la peur» pour s'enrichir. Ce n'était tout de même pas de sa faute si les industriels ne respectaient pas les règles d'hygiène.

Décrocher ce précieux label relevait toutefois de la gageure. Il fallait convaincre l'administration de la sincérité de sa démarche. Un vrai parcours d'obstacle : le cahier des charges était tellement contraignant qu'il décourageait la plupart des candidats. Pas Turenne, qui savait que les autorités sanitaires étaient en sous-effectif. Elles ne pouvaient traiter toutes les demandes et confiaient une bonne partie des missions de contrôle à des auditeurs assermentés. C'était eux qui, en réalité, faisaient tout le boulot de certification. Et personne, ensuite, n'irait remettre en cause leurs conclusions, qu'elles soient favorables ou non. Et ça, Turenne l'avait bien compris. Il avait demandé à Marco de s'occuper de son dossier. Ce n'était pas pour ses beaux yeux, ni même en mémoire de son père, mais parce que TracFood, la société qu'il avait créée avec Camille, était accréditée par l'État. Autrement dit, Marco pouvait lui permettre de devenir «vert». Il fallait juste qu'il lui rende un avis positif.

— Et ça ne risque pas d'être le cas, grommela Marco, en démarrant son scooter.

Les usines n'étaient absolument pas aux normes. Turenne allait devoir consentir à des investissements importants et il ne s'y attendait certainement pas.

Le dîner risquait de tourner rapidement à l'aigre.

11

— *Ce n'est qu'un au revoir, Mireille, ce n'est qu'un au revoir...*

Les applaudissements fusèrent, tandis que la dénommée Mireille, robe à fleurs et lunettes carrées, se détournait pour cacher son émotion. Vingt-sept ans de loyaux services. Mireille était arrivée au tout début de l'aventure. Le modèle de l'assistante dévouée qui connaissait les petites histoires et les grandes, la confidente qui arrangeait les coups, et dont on s'apercevait de la valeur le jour où elle partait. Les établissements Monchal pouvaient bien se fendre d'une petite réception.

— Tu as échappé aux discours, souffla Turenne à l'oreille de Marco. Viens, je vais te présenter.

Ils traversèrent la salle. Marco se sentit lacéré par des regards curieux, inquisiteurs, narquois et même jaloux. Sans doute le prenait-on pour une nouvelle recrue. Le petit protégé du patron. Ou même un mouchard.

— Mireille, je vous présente Marco Lauvert.

Elle poussa un petit cri de soprano.

— Ça par exemple! Le fils de Manuel Lauvert?

— Vous connaissiez mon père? s'étonna Marco.

— Il était si séduisant! Quand il rentrait de voyage, toutes les assistantes défilaient devant son bureau pour l'apercevoir. Et si gentil, avec ça. Ah, j'étais bien triste lorsqu'il est parti.

— C'était quand?

— Attendez voir... Il y a bien une vingtaine d'années. Oui, c'est ça.

— Quelle mémoire, cette Mireille! intervint Turenne. Qui me rappellera les dates d'anniversaire de mes neveux, maintenant? Qui me dira où sont rangées les archives? Qui s'occupera du sapin de Noël? Vous êtes sûre que vous ne voulez pas rester une année de plus?

Mireille gloussa, elle s'apprêtait à lui répondre, mais Turenne ne lui en laissa pas le temps. Il l'embrassa une dernière fois et s'éloigna. À regrets, Marco le suivit. Il aurait bien aimé parler davantage avec Mireille. C'était la première fois qu'il entendait des propos élogieux sur son père.

Les deux hommes suivirent un couloir sombre. Les locaux étaient vieillots. Une odeur de renfermé suintait des murs. Turenne le fit entrer dans son bureau, une pièce sans charme, meublée d'une table en formica et d'une armoire métallique, qu'un tube en néon aussi laid qu'imposant inondait de sa lumière crue.

— J'éteins mon ordinateur et je prends mon manteau, dit-il. J'ai réservé pour vingt heures. Nous irons à pied, c'est une petite trattoria, de l'autre côté de la rue. On y sert les meilleurs anti-pasti de Paris. Enfin, ce sont eux qui le disent, donc c'est sûrement vrai!

Son rire se propagea jusqu'au rez-de-chaussée. Turenne dévala l'escalier avec une vigueur que l'on n'aurait pas soupçonné chez ce sexagénaire.

— Je ne savais pas que mon père avait travaillé chez vous, glissa Marco, tandis qu'ils quittaient l'établissement.

Turenne alluma un cigarillo. Il ne répondit pas tout de suite. Marco sentit qu'il choisissait soi-gneusement ses mots.

— Il n'est pas resté longtemps, dit-il enfin. Un ou deux ans, tout au plus.

— Que faisait-il?

— C'était un bon négociateur, il avait du bagout. Je l'ai envoyé plusieurs fois en Argentine, il arrivait à décrocher de bons prix, surtout pour la viande de bœuf.

— Pourquoi n'est-il pas resté plus longtemps?

— Ta mère ne t'a jamais raconté?

— Non.

Ils traversèrent l'avenue. Une pluie fine ondoyait sous les réverbères, au gré des rafales de vent. Le *Pomero* ne payait pas de mine. Une façade en verre constellée d'autocollants, une guirlande rouge et verte et une photo dédicacée du club de foot milanais.

— Turenne, *come stai*?

Un vieil homme hirsute lui fit l'accolade. Léo Ferré reconverti en pizzaiolo. Il broya la main de Marco et les conduisit jusqu'à leur table, au fond du restaurant.

— J'ai du risotto aux asperges et des lasagnes à la courgette.

— Va pour le risotto, trancha Turenne, sans même ouvrir la carte.

— Moi aussi, opina Marco.

— Tu es sûr? Il y a plein d'autres choses. Les escalopes milanaises sont extras!

— Non, c'est bien comme ça.

— Et servez-nous votre vin des Pouilles. Vous savez, celui de la dernière fois.

— Oui, le *Rosso di Cerignola*. Je vous apporte ça *presto*.

Turenne attendit qu'il s'éloigne, puis il se pencha vers Marco, le visage sérieux.

— Je ne dirai jamais de mal de ton père, mon petit Marco. Nous étions de vrais amis. Personne ne me connaissait aussi bien que lui. Plusieurs fois, dans ma vie, j'ai vacillé. Manuel a toujours été là, comme un frère.

Léo Ferré revint leur servir le vin. Il attendit que Turenne le goûte, mais celui-ci semblait perdu dans ses pensées. Enfin, il s'en rendit compte.

— Oh pardon.

Il en but une gorgée, approuva d'un sourire.

— Pourquoi est-il parti? répéta Marco.

— La question serait plutôt «pour qui». Je suis très gêné de te parler de cela, j'ai l'impression de le trahir. Mais tu as le droit de savoir qui était ton père. Promets-moi juste que cette discussion restera entre nous. Je n'aimerais pas que ta mère l'apprenne.

— D'accord.

Turenne inspira profondément, comme s'il cherchait la force de parler.

— Ton père aimait les femmes, commença-t-il sans ambages. Il n'a jamais été très fidèle, ce qui ne l'empêchait pas d'adorer ta mère. Longtemps, elle a supporté ses écarts. Elle a tout fait pour préserver la cellule familiale. Elle a pris sur elle, car elle ne voulait pas t'exposer à cette réalité crue. Et puis un jour, elle a craqué.

— Comment savez-vous tout ça ?

— Un soir, ton père a annoncé à ta mère qu'il partait vivre en Argentine. Il était tombé amoureux d'une danseuse de tango. Ta mère est restée très digne, mais elle a mis beaucoup de temps à s'en remettre.

Il baissa les yeux dans son assiette, très ému.

— Juste avant de mourir, ton père m'a demandé de veiller sur toi. C'est ce que j'ai essayé de faire.

Un long silence s'ensuivit. Marco tenta de réprimer le flot de souvenirs qui affluaient en désordre. Son père, rentrant à la maison après trois mois d'absence. Ses tours de magie, sa guitare désaccordée et ses accords mal plaqués. Mais quelle importance, ses chansons étaient si belles. À la fois rocailleuses et poétiques. Elles entraînaient Marco dans un tourbillon de vie. Durant quelques jours, la famille se recomposait autour du père fantôme. Joie fugace, plus précieuse qu'un joyau, que Marco gardait dans l'écrin de sa mémoire. Mais c'était précisément dans ces moments-là, alors que le bonheur semblait à portée de main, que le rêve commençait à s'effriter. Quand son père aimait, il fallait qu'il parte. À peine retrouvait-il son foyer qu'il parlait d'ailleurs. Le matin, il se postait derrière la fenêtre et grillait deux ou trois cigarettes en contemplant l'horizon. Il rêvait. Il était déjà dans la pampa.

— Les antipasti, messieurs.

Marco remercia le serveur d'un sourire. Turenne posa une main sur son avant-bras.

— Te souviens-tu de cette veillée de Noël que nous avions passée ensemble ? Tu devais avoir douze ans, ta mère avait préparé un repas de roi. Ton père nous avait beaucoup manqué, ce soir-là.

— Où était-il ? demanda Marco d'une voix blanche.

— Il avait promis d'être là, mais il n'est venu que le surlendemain. Plus tard, nous avons appris qu'il avait passé la nuit au Havre, dans un tripot.

— Maman devait être furieuse.

— Non, je ne pense pas. Elle avait beaucoup souffert au début de leur mariage, et puis elle avait compris que ton père était un bohème, et qu'elle ne pourrait jamais lui demander de remplir le frigo ou de changer une ampoule. Elle essayait de respecter sa liberté, même si cela lui coûtait énormément.

Marco se sentit soudain plombé par la tristesse. Elle le tirait vers le bas, l'entraînait vers les abîmes. Turenne s'en aperçut.

— Pourquoi parlons-nous de ça ? Buvons, plutôt ! À la tienne, Marco.

Le vin était bon. Un peu trop tannique, mais très agréable. Ils le dégustèrent en silence.

— Alors, reprit Turenne, comment va ta boîte ?

— Ça va, mentit Marco. Nous sommes débordés.

— Vraiment ? Les affaires vont si bien que ça ?

Turenne ne semblait pas convaincu. Marco se rendit compte à temps qu'il entrait sur un terrain dangereux. Turenne n'était pas le genre d'homme que l'on pouvait bluffer.

— Nous sommes bien placés sur plusieurs appels d'offres, nuança-t-il. Nous espérons en décrocher un ou deux.

— Et moi qui croyais que j'étais ton seul client ! À propos, tu n'oublies pas ce que je t'ai demandé, au moins ?

— Bien sûr que non. Nous y travaillons d'arrache-pied.

Il brandit sa sacoche.

— Le rapport est là.

— Je peux le voir ?

Marco hésita, puis il lui tendit le document.

— Il n'est pas complet.

— Ah bon ? Que manque-t-il ?

— Nous avons fait le tour des usines, mais il nous reste deux ou trois fournisseurs à contrôler. Camille est justement chez l'un d'eux.

— Combien de temps vous faut-il encore?

— Je dois compiler les données, écrire la synthèse. Il faut compter trois bonnes semaines.

— Et ensuite?

— Il faudra présenter le dossier aux autorités sanitaires. Si tout se passe bien, elles rendront leur avis au bout de deux mois.

— Tu veux dire que je vais devoir attendre l'été avant de lancer ma gamme bio?

— Dans le meilleur des cas, oui.

— Ce n'est pas possible, Marco.

Le ton était sec, presque cassant. Marco le regarda, étonné. Turenne avait perdu son regard affable.

— Croyez bien que je le regrette, reprit Marco, mais nous n'avons pas le choix. Il y a des cahiers des charges à respecter, des spécifications...

— Arrête de parler comme un consultant. Je ne suis pas un client comme les autres. Je t'ai mouché quand tu avais la goutte au nez, je t'ai filé des raclées quand tu étais trop pénible. Certains soirs, tu m'as appelé papa. Je fais presque partie de la famille, Marco, tu ne peux pas me laisser tomber. Trouve une solution.

— J'aimerais bien, mais je ne peux pas faire n'importe quoi, il y a des règles! Pour décrocher l'agrément, il faut être irréprochable.

— Et alors? s'irrita Turenne.

— Ce n'est pas le cas. Il y a des problèmes dans vos usines.

— Lesquels?

— La traçabilité. Les fournisseurs n'indiquent pas toujours la provenance des produits, il y a beaucoup d'erreurs sur les codes-barres.

— Je n'en crois rien. Mes sous-traitants sont contrôlés deux fois par an. Tu crois vraiment que j'en serais là si je ne les tenais pas d'une main de fer?

— Dans l'usine de volaille, il y a des soucis d'hygiène. Les poulets ne sont pas tués dans de bonnes conditions.

— Explique-toi.

— Je ne suis pas certain que le lieu et la circonstance soient bien choisis pour parler de ça, hésita Marco. Je vous laisse le rapport, vous le lirez. J'ai dressé la liste de toutes les anomalies que j'ai pu constater. Les poulets sont couverts d'excréments lorsqu'ils sont tués. Les chaînes de production ne sont pas désinfectées. Les opératrices ne se lavent pas les mains pour découper les filets. Sur certains échantillons, les tests à la listeria étaient positifs.

Turenne ne répondit pas. Ses lèvres avaient bleui. Une ride épaisse barrait son front. Il faisait un violent effort pour se contenir. Marco tenta d'atténuer ses propos. Turenne était son seul client, il devait le ménager.

— Écoutez… Je pense franchement que l'on ne réussira pas à passer en force. Donnons-nous deux ou trois mois supplémentaires, le temps de tout mettre aux normes. Et là, je vous garantis le succès.

— Crois-tu vraiment qu'une petite poignée de semaines changera la donne? J'admire ton idéalisme, Marco, mais il faut que tu te rendes compte d'une chose : le zéro défaut n'existe pas. Il ne sert à rien d'être plus royaliste que le roi. Tes fameux «gendarmes du bio» le savent mieux que personne.

— Vous êtes bien sûr de vous.

— Je les connais, tu sais. Comme tout le monde, ils ont leurs limites. Leurs contraintes.

— Ça ne les empêche pas de faire leur boulot !

— Je vais te raconter quelque chose, Marco, et je suis désolé si cette histoire fait vaciller tes certitudes. L'an dernier, j'ai reçu la visite de deux inspecteurs du travail. Ils avaient appris que j'avais recruté des travailleurs roumains pour les mois d'été. Ils sont restés une semaine dans mes bureaux, ils ont décortiqué tous les contrats et m'ont collé des dizaines d'amendes parce que je n'étais pas aux normes.

— C'était le cas ?

— Oui, mais je n'ai rien payé.

— Pourquoi ?

Turenne dégusta une gorgée de vin, sûr de lui. Turenne était toujours sûr de lui.

— Trois mois plus tard, les services vétérinaires ont déboulé à leur tour, poursuivit-il. Des consommateurs s'étaient plaints d'une odeur suspecte dans des plats cuisinés. Les vétos se sont rendu compte que la viande était avariée. À ton avis, que s'est-il passé ?

— Vous avez dû payer des amendes ? Fermer l'établissement ?

— Non. Il n'y a pas eu de suite.

— Je ne comprends pas.

— Le préfet est intervenu. Les affaires ne sont jamais sorties dans la presse. Elles ont été « étouffées », comme on dit.

— Comment avez-vous fait ?

— J'emploie quatre-vingts personnes à Lamballe, une cinquantaine à Dinan et près d'une centaine dans mon usine d'Avranches. Imagine un instant si, à cause d'un scandale alimentaire, je devais fermer l'un de mes sites. Des licenciements par dizaines, des familles brisées. Qu'est-ce qui importe le plus, à ton avis : condamner un industriel pour quelques steaks pourris ou éviter un drame humain ?

— On ne peut pas présenter les choses ainsi ! se rebella Marco.

— Oh que si ! Surtout quand ce genre d'incident se produit en pleine période électorale. Au final, personne n'est mort, c'est le principal, non ?

Un fossé s'était creusé entre eux. Turenne le cynique contre Marco l'idéaliste. Ce dîner virait au cauchemar.

— Je sens que je te déçois, reprit Turenne, plus doucement. Mais ne me juge pas, tu n'as pas la pression que j'ai sur les épaules. Le business est impitoyable, il faut se battre avec toutes les armes dont on dispose.

— Quitte à perdre ses valeurs ? Et faire du chantage à l'emploi ?

Turenne éclata de rire.

— Mon pauvre Marco… Comme tu es naïf.

— Oui, comme ces milliers de consommateurs qui achèteront très cher vos produits bio parce qu'ils sont persuadés que la qualité sera au rendez-vous.

— Et ils la trouveront! Rassure-toi, Marco, je ferai le nécessaire. Mais je ne peux pas attendre la fin de l'été. Ma situation financière n'est pas bonne, je dois redresser mes ventes.

— Et rien de tel que des produits verts pour y parvenir, n'est-ce-pas? C'est tout nouveau tout bio, ça va plaire aux bobos.

— Pourquoi tant d'ironie? Je veux juste…

— *Signori*, les risottos aux asperges, annonça Léo Ferré.

Il les disposa amoureusement devant les convives, remplit les verres et repartit en chantonnant.

— Marco, je ne te demande qu'une chose : trouve un moyen d'accélérer les procédures. Tu les connais bien, ces fonctionnaires, ça doit être possible de les bousculer un peu, non?

— Je ne peux pas faire ça.

— Si, tu le peux!

Marco ne répondit pas. Turenne se pencha au-dessus des assiettes fumantes.

— Te rappelles-tu du jour où tu m'as annoncé que tu voulais monter ta boîte? Tu m'as dit que tu voulais t'associer avec un loup de mer. Je ne t'en ai pas dissuadé, même si j'avais de sérieux doutes sur ton partenaire – je les ai toujours, d'ailleurs. Je me suis contenté de t'aider, et je ne te parle pas d'argent, mais des conseils que je t'ai prodigués. Je me souviens de la nuit où tu m'as appelé, juste avant de créer ta société. Tu doutais de toi et je t'ai simplement répondu : «Si, tu le peux.» Aujourd'hui, je te redis ces mots, car j'ai besoin de toi.

Marco baissa la tête. Turenne savait s'y prendre pour le culpabiliser. Il avait mis le doigt à l'endroit douloureux. Sans son aide, rien n'aurait été possible. Il leur avait prêté l'argent que les banques leur avaient refusé. Il leur avait permis de rencontrer des clients potentiels. Marco avait du mal à l'admettre, mais il lui devait beaucoup. Et aujourd'hui, Turenne lui faisait comprendre qu'il devait payer sa dette. Qu'en penserait Camille ? Marco accrocha quelques grains de riz avec sa fourchette. Il n'eut même pas besoin de le goûter. Ce risotto avait un goût amer.

12

Le tremblement commença dans la main gauche, il gagna l'avant-bras et se répercuta dans l'épaule. Était-ce la fièvre ou l'air glacial ? Camille essaya de contrôler les spasmes, mais son corps refusa de lui obéir. En désespoir de cause, il s'enroula dans sa couverture, mais elle était tellement fine qu'elle ne le soulagea pas du froid. Camille se tourna vers le soupirail grillagé. Quelques lueurs rosées annonçaient l'aurore. Encore une journée à passer dans ce trou à rat, à bouffer du *bortsch* et faire ses besoins dans un seau, tout ça parce que ces idiots de gardiens refusaient de détacher la chaîne qui le liait au lit. Camille se redressa. Quelqu'un marchait dans le couloir. Il s'arrêta devant la porte de la cellule, fit coulisser deux verrous. C'était Zarov.

— Cher monsieur Dupreux, j'espère que vous êtes satisfait de nos services. L'hospitalité est une vertu chère aux Ukrainiens. N'hésitez pas à nous

appeler si vous avez le moindre sujet de contra-
riété.

— Fort bien! Dans ce cas, laissez-moi vous
dire que vos gardes-chiourmes sont des cré-
tins. Ils ont tellement peur de vous qu'ils n'o-
sent même pas me libérer, le temps que j'aille
aux toilettes. Il est vrai qu'elles sont situées au
bout du couloir. Je pourrais m'échapper par un
tuyau.

— S'il n'y a que ça pour vous satisfaire, je vais
donner des instructions.

— Pourquoi me gardez-vous prisonnier?

— Vous avez vu trop de choses, vous pourriez
tout compromettre.

— Si vous faites référence aux pauvres poulets
empaquetés dans vos congélateurs, ça peut s'arranger : je ferme les yeux et j'oublie tout!

— Ne faites pas l'idiot. Vous avez parfaitement
compris qu'il ne s'agissait pas de «pauvres poulets congelés». J'ai trouvé un filon, je ne vais pas
vous laisser gâcher la fête.

— Vous pensez vraiment faire fortune avec vos
poulets pourris?

— Pour l'instant, je teste le marché. Je peux
vous dire que ça démarre très fort.

— Elles viennent d'où, ces volailles?

— De Yuangshuo. Une petite ville au fin fond du
Guangxi, dans le sud de la Chine. Il faut voir ça
au moins une fois : des entrepôts immenses, des
milliers de poussins qui caquètent... Ça fait un
de ces boucans, ces bestioles! Et ça bouffe! Deux

fois par jour, il faut leur balancer des dizaines de sacs de farine.

— De la farine ? Quel genre de farine ?

— Tout de suite, la suspicion ! Je n'en sais rien, moi. Je peux juste vous dire qu'elle est fabriquée chez un équarrisseur, avec des restes de carcasse. Rien ne se perd, tout se transforme. Que voulez-vous, mon bon monsieur, les temps sont durs. Le bon grain coûte trop cher. Mon but, c'est de gagner de l'argent, pas d'en perdre.

— Ça ne vous empêchera pas d'inscrire « Élevé au bon grain » sur les emballages. C'est criminel !

— Ce n'est pas un crime, c'est une fraude.

— Je n'imagine même pas les conditions d'hygiène, dans cette usine.

— C'est vrai que ça pue. Les poussins sont tellement serrés qu'ils ne peuvent pas bouger. Le problème, c'est qu'ils grossissent. Il y en a beaucoup qui meurent étouffés.

— Un jour, vous aurez des morts sur la conscience, Zarov.

— Les grands mots. Peut-être quelques mômes se choperont-ils une bonne diarrhée, et alors ?

— Et vous voulez inonder l'Europe avec ces cochonneries ?

— Surtout la France et l'Allemagne, c'est là qu'il y a la plus forte demande.

— À qui les vendez-vous ?

— Pour l'instant, je suis passé par les épiciers de quartier. Ils ne sont pas très regardants. Il suffit d'un bon *packaging*, ils achètent n'importe quoi. Mais si je veux faire du volume, je vais devoir m'attaquer aux grandes surfaces.

— Vous n'y arriverez jamais ! s'esclaffa Camille. Je les connais, les acheteurs d'hypermarché, ce sont de vrais durs. Vous pensez que vous passerez sous leurs fourches caudines, mais ils vous embrocheront avec.

— Je vois que vous avez encore la force de faire de l'esprit. Quand je pense que l'un de mes adjoints s'inquiétait pour vous…

Zarov sortit deux cigarillos de sa poche, il en tendit un à Camille.

— Vous connaissez cette nouvelle d'Edgar Poe, *La Lettre volée* ? Des policiers cherchent dans un appartement une missive de la plus haute importance. Ils savent que le voleur l'a cachée quelque part, mais ils ne parviennent pas à mettre la main dessus. Ils démontent le plancher, sondent les murs, mais leurs efforts restent infructueux. En fait, la lettre est posée sur la table, à la vue de tout le monde. J'ai procédé de la même façon.

— Je ne comprends pas.

— Tant mieux. Si je vous disais tout, je n'aurais plus qu'à vous tuer.

— Vos misérables poulets ne passeront même pas la frontière. Il y a des règles, surtout en France, l'un des pays les plus pointilleux du monde quand il s'agit de bouffe ! Moi qui passe mon temps à remplir des dossiers d'agrément pour mes clients, je sais de quoi je parle.

— Vous avez raison. Je peux même vous dire que vous m'avez beaucoup aidé, Camille. Oui, bien plus que vous ne l'imaginez.

Sur ces paroles sibyllines, il se leva et partit sans se retourner. Ses pas secs résonnèrent longtemps dans le couloir glacé.

13

Il aurait dû leur demander davantage. Vingt mille euros, ce n'était pas assez. Il avait pris de vrais risques, il s'était compromis ; que ce serait-il passé s'il s'était fait surprendre par Camille ou Marco ? Il s'en était d'ailleurs fallu de peu. À plusieurs reprises, le barbu s'était méfié, il lui avait posé des questions étranges. Pourquoi travaillait-il si tard ? Cherchait-il un autre emploi ? Pourquoi arborait-il un tel air de conspirateur ? Était-il amoureux ? Camille était redoutable avec son œil laser et ses manières inquisitrices. Sans doute avait-il fouillé ses poubelles pour y chercher des brouillons, des sorties d'imprimante.

Vingt mille. Une broutille. Tout juste tiendrait-il cinq ou six mois, pas plus. Et encore. Pour l'instant, il n'avait touché que la moitié. « Nous reviendrons te voir », lui avaient dit ses « clients ». Tu parles. Il s'était fait avoir comme un bleu. Il n'avait même pas leurs coordonnées.

Soudain, trois coups secs. Andréa se leva d'un bond, interdit. Il ne recevait jamais de visite. Même le facteur n'avait jamais mis les pieds chez lui. C'était forcément eux. Ils avaient tenu parole. Dans sa hâte de leur ouvrir, il renversa sa tasse de café. Il dut s'y prendre à deux fois pour déverrouiller la porte.

— Bonjour Andréa, j'espère que je ne te dérange pas.

C'était bien le même homme. Profil émacié, imper noir et silhouette féline. Derrière lui, une espèce de Frankenstein, massif, les traits épais. Une face de brute.

— Non, non, je ne me couche jamais tôt.

— Tu as l'air tout chiffonné, comme si tu n'avais pas dormi depuis trois jours.

Andréa détourna les yeux. Il n'arrivait pas à soutenir ce regard. Était-ce la noirceur des pupilles ou la forme des yeux, effilée, qui lui donnait cette expression cruelle, presque sauvage ?

— Mais que t'arrive-t-il ? Ce n'est pas à cause de nous, au moins ?

Andréa ne répondit pas. Il était tétanisé par cette voix sifflante. Elle le transperçait, elle le pressait, elle l'acculait. Au contact de cet homme, Andréa perdait toute force. Son énergie fuyait son corps, comme s'il se vidait de son sang.

— Tu ne pensais pas que nous reviendrions, n'est-ce-pas ? Tu te disais que tu ne reverrais jamais la couleur de ton argent, hein ?

— Je me suis posé la question, c'est vrai, mais je…

— Tu vois, triompha-t-il, tu ne nous fais pas confiance. Mais tu as tort.

Andréa ne sut quoi répondre. Cet homme, dont il ne connaissait toujours pas le nom, jouait avec ses nerfs, il appuyait sur les points sensibles. Un souvenir incongru lui traversa l'esprit. Lui, au collège, en train de disséquer une grenouille et de titiller les nerfs de la cuisse avec une aiguille pour provoquer une détente réflexe.

Ce soir, il jouait le rôle de la grenouille.

— J'ai lu ton rapport, Andréa, poursuivit-il. Je l'ai lu en détail.

Il se tut, comme s'il cherchait son inspiration. Il savait ménager ses effets.

— C'est parfait. C'est exactement ce que nous voulions : trente pages à la gloire de Kiev Import, un fournisseur exemplaire, des méthodes de production irréprochables. Un apôtre du bio et du développement durable ! Lorsqu'elles liront ça, les autorités françaises nous accorderont tous les agréments que nous voudrons. Tu as bien travaillé et tu vas te rendre compte que je ne suis pas un ingrat. Igor ?

L'acolyte s'avança dans l'embrasure. Il tendit une enveloppe en papier kraft à Andréa.

— Dix mille euros. J'ai mis des billets de cinquante et de cent, on a l'impression qu'il y en a plus.

Il éclata d'un rire aigu. Une sonorité très particulière qui vrillait les tympans et se logeait dans l'arrière du crâne.

— Sache que je tiens toujours mes promesses, reprit-il sur un ton plus mesuré.

Il avança de quelques pas, jusqu'à se retrouver nez à nez avec Andréa.

— Tu ne nous laisses pas entrer? Nous pourrions fêter cette collaboration, non?

Andréa n'avait guère le choix. Il s'effaça pour les laisser passer.

— Installez-vous, dit-il.

L'homme à l'imperméable manifesta son admiration en découvrant l'appartement, agréable et meublé avec goût. Deux canapés en tissu se faisaient face, séparés par une table basse recouverte de zinc. Au mur, trois planches de chêne, légèrement décalées, supportaient des piles de livres et des bibelots. Deux poutres barraient le plafond. Une troisième, verticale celle-là, saillait d'un mur, donnant une impression d'intimité.

Andréa remplit d'eau sa vieille cafetière. Au bout de quelques instants, la résistance grésilla.

— Du café? Quelle idée! Nous avons bien mieux que ça! De la vodka, et la meilleure, tu peux me croire.

Son ton chaleureux rasséréna Andréa. Il avait tort de se méfier. Son interlocuteur semblait sincère.

— Que vas-tu faire de cet argent, Andréa? Prendre des vacances? Tu l'aurais bien mérité.

— Me barrer, répondit-il spontanément. Je n'en peux plus de travailler ici.

— Pourquoi partir maintenant? Rien ne presse. Tes employeurs n'ont pas découvert ta trahison, tu ferais mieux de rester en poste.

— L'un d'eux me soupçonne et je ne supporte plus de mentir à l'autre. Quand je pense à tout ce qu'il a fait pour moi, j'ai honte. Non, c'est tout réfléchi, je pars. Le plus loin possible.

Igor disposa les verres sur la table. En d'autres circonstances, voir ce gorille s'appliquer dans son service eût été comique. Mais ce soir, Andréa n'avait pas envie de rire.

— C'est fâcheux, dit soudain le visiteur.

— Quoi donc? s'enquit Andréa, en prenant une vodka.

— En fait, nous avons encore besoin de toi. C'est tellement bordélique, toutes ces administrations, nous ne nous en sortirons jamais tout seuls.

— Comment le ferai-je? Marco s'en rendra compte tout de suite.

— Je ne suis pas sûr qu'il revienne à Paris avant longtemps.

— Pourquoi? Que lui avez-vous fait?

— Ce n'est pas ton problème. Je peux juste t'assurer qu'il ne te gênera pas. Camille Dupreux non plus. Alors?

Andréa secoua la tête.

— Je n'en suis pas capable.

Il fut lui-même surpris par son ton catégorique. Mais il ne pouvait pas forcer sa nature. Il avait tenu aussi longtemps qu'il le pouvait, il n'irait pas plus loin. Son hôte s'en rendit compte.

— Je vois, oui. C'est vraiment fâcheux.

— Mais enfin, quoi? s'énerva Andréa. Nous n'avions jamais parlé de ça! J'ai respecté ma part du contrat, non?

133

Il vida son verre. Une douce chaleur se fraya un chemin dans son œsophage, elle se diffusa partout dans son corps et lui fouetta le sang. Ces deux énergumènes commençaient à lui pomper l'air. Ils s'invitaient chez lui et se comportaient en terrain conquis. S'ils continuaient ainsi, ils finiraient dehors. Et qu'ils n'essaient pas de le menacer : son voisin était un policier à la retraite, Andréa savait qu'il pouvait compter sur lui.

— Oh oh ! Le ténébreux Andréa serait-il en train de se rebeller ? C'est un peu tard, jeune homme. Tu es mouillé jusqu'au cou, maintenant.

— Mouillé ? Je ne sais même pas qui vous êtes !

En réponse, un rire fusa, toujours aussi crispant. Aussitôt, Igor imita son chef. Un brame rauque que l'on entendit certainement jusqu'au sixième étage. Lorsque son maître leva la main, il s'arrêta net.

— Tu te doutes bien que nous ne sommes pas des gens très fréquentables. Connais-tu beaucoup de clients qui sont prêts à payer vingt mille euros pour obtenir un faux rapport d'audit ? Ne joue pas au naïf, Andréa, tu n'es pas crédible. Mais nous parlons, nous parlons… Je ne voudrais pas user de ton précieux temps. Je te pose la question une dernière fois : acceptes-tu, oui ou non, de nous aider ? Après cela, tu n'entendras plus jamais parler de nous.

— Non.

Andréa se sentit soudain engourdi. Sa bouche était pâteuse. Il fut pris de vertige.

— Je ne me sens pas bien.

— Ce n'est rien. C'est la drogue.

Andréa le regarda sans comprendre. Au même instant, Igor alla chercher une chaise et la plaça sous l'une des poutres. Puis il sortit une corde qu'il enroula sur son avant-bras pour en faire un lasso.

— C'est vraiment regrettable que tu sois aussi têtu, reprit l'homme à l'imperméable. Nous aurions pu trouver un arrangement.

— Mais… Qu'est-ce que vous faites ?

— Personne ne s'étonnera, poursuivit-il. Tu n'allais pas très bien, ces dernières semaines. Tu étais dépressif. C'est normal, tu vivais seul. Et tu as trahi la seule personne qui t'avait fait confiance.

Igor monta sur la chaise. Andréa le regardait, totalement amorphe. Il voulut se lever, mais ses jambes ne purent le porter. Ses muscles s'étaient liquéfiés. Igor fixa un crochet dans la poutre, puis il passa la corde dans l'anneau.

Andréa se sentait nauséeux. Quelqu'un lui parlait, mais les mots arrivaient déformés à ses oreilles. Ils s'entrechoquaient dans sa tête. Il aurait voulu crier pour que cessent ces coups de boutoir, mais aucun son ne sortait de sa gorge. Il avait soif, ses lèvres se craquelaient, son estomac pesait une tonne, il formait une boule incandescente.

À cet instant, un étrange bien-être l'envahit. Andréa flottait. Les crampes qui lui broyaient les épaules s'estompèrent. Même la douleur qui s'était invitée dans sa nuque depuis quelques jours se volatilisa. Andréa se sentait léger, le poids de la culpabilité s'évanouissait. Marco comprendrait, il l'absoudrait. Leur amitié n'allait pas s'éteindre pour une question d'argent. Il le restituerait s'il le fallait. Il n'avait pas voulu faire de mal.

— Rendez-lui le fric, bredouilla-t-il. Rendez-lui tout !

Les deux hommes se regardèrent, interdits.

— Qu'est-ce qu'il raconte ? demanda Igor.

— C'est son inconscient qui remonte à la surface, soupira son chef. Ses remords suintent par tous les pores de sa peau. Le pauvre, c'est triste de mourir sans avoir trouvé la paix intérieure.

Igor l'attrapa sous les bras et le traîna jusqu'à la chaise. Il lui passa la corde autour du cou. Andréa tenta vainement de la desserrer, mais ses gestes étaient faibles et imprécis comme ceux d'un vieillard. Sans effort, Igor le hissa sur la chaise. Andréa perdit l'équilibre, il se rattrapa à la corde, poussa un cri étranglé. Une expression de panique passa dans son regard, tandis qu'il essayait de reprendre pied sur le plateau de la chaise. Igor lui prit un bras et le tordit dans son dos.

— Pas la peine de l'attacher, intervint le chef. Il n'aura pas la force de se libérer seul.

Andréa s'affola. Son cœur se mit à battre la chamade, mais son corps ne lui répondait plus. Horrible sensation d'être paralysé devant le danger.

— Calme-toi, Andréa. De quoi te plains-tu, d'abord ? Tu vas mourir en t'endormant ! Il y a tellement de gens qui aimeraient être dans ton cas. Moi, par exemple, je donnerais cher pour avoir une fin paisible. Mais cela n'arrivera jamais. Un jour, je recevrai une balle dans la tête ou j'aurai la gorge tranchée. Je ne sais pas ce qui m'attend, alors que toi...

Il s'interrompit lorsqu'Andréa se mit à pousser des cris de bête.

— Vite, qu'on en finisse, ordonna l'homme à l'imperméable.

D'un geste sec, Igor retira la chaise. Andréa se retrouva pendu dans le vide. Ses mains s'agrippèrent à la corde. Il tenta de desserrer l'étreinte, mais il n'y parvint pas. Igor le fit tourner sur lui-même, puis il contempla son mobile humain d'un un air satisfait. Les jambes d'Andréa pédalèrent furieusement, tandis que le lien s'enfonçait dans la chair de son cou. Il voulut respirer, mais l'air passait de plus en plus difficilement. Le sang cogna contre ses tempes.

— Pi... tié! parvint-il à articuler.

Trop occupés à effacer les traces de leur passage, les deux hommes n'y prêtèrent aucune attention. Dans un suprême effort, Andréa tenta de grimper le long de la corde, mais il se sentit submergé par la torpeur. Il relâcha tout, battit l'air de ses bras, puis il sombra dans un sommeil douloureux qui sembla ne jamais devoir finir.

14

Quel supplice, cette soirée! Marco s'était ennuyé comme un rat mort. Ce pauvre Turenne manquait vraiment de classe. Comme tous les parvenus, il était persuadé qu'il pouvait imposer ses vues à son entourage parce qu'il avait réussi dans les affaires. Turenne savait pour qui il fallait voter, quels films voir au cinéma et que penser du mariage pour tous. Il dénonçait les «nantis de la fonction publique», brocardait le «complot maçonnique» et aurait volontiers donné quelques leçons de coaching au sélectionneur de l'équipe de France de foot. Il employait des expressions toutes faites : «trop d'État tue l'État», la «perte de repères» et la «jeunesse désœuvrée». Marco l'avait laissé parlé, effaré de voir avec quel aplomb il jonglait avec ses certitudes. Turenne avait un sentiment d'impunité, il pensait que les hommes politiques ne servaient à rien et que seuls ceux qui créaient de la richesse, les chefs d'entreprise, avaient droit de parole. Les autres n'étaient que des fardeaux.

Le dîner s'était fini sur une interminable diatribe sur «la mort des idéologies et le sacre de l'argent-roi». En d'autres circonstances, Marco lui aurait emboîté le pas, mais il n'en avait plus la force. Il étouffait, il avait envie de fuir ce discours sans nuances. Il s'était contenté de ponctuer le soliloque de quelques mots brefs, tout en dégustant un tiramisu trop sucré.

Lorsqu'ils s'étaient quittés, Turenne l'avait longuement étreint. «À bientôt, mon garçon», lui avait-il dit dans l'oreille, avant de lui rappeler qu'il comptait sur lui pour plaider sa cause auprès des autorités. Marco s'était senti mal. Il détestait le mélange des genres. Turenne se comportait comme un père, mais il n'en oubliait pas moins le business. Très retors.

Qu'allait-il faire? L'envoyer paître? C'était difficile : Turenne était son principal client, il n'en avait pas beaucoup d'autres. À vrai dire, aucun.

Mais il n'était pas pour autant question de tricher. Dans ce métier, on ne magouillait pas. Tout finissait par se savoir et ceux qui franchissaient la ligne jaune se faisaient sortir du jeu. Sans espoir de retour.

— Camille, si tu m'entends, dis-moi quoi faire, murmura Marco, tout en rejoignant son scooter.

Son mobile se mit à sonner. C'était Lim. L'homme aux pigeons.

— J'ai bossé pour toi, Marco, tu peux passer?

Sa première réaction fut de refuser. La journée avait été longue, il était fourbu. Il aurait préféré prendre une bonne douche et finir la soirée avec Lena, qui devait commencer à trouver le temps long. Mais il ne pouvait dire non à Lim. Cette tête de mule serait capable de mal le prendre et il avait besoin de la traduction.

— D'accord, j'arrive, dit-il enfin. Tu as trouvé des choses intéressantes ?

— Je n'en sais rien, il n'y a que toi qui peux savoir.

Inutile de prolonger la discussion, Lim ne dirait rien par téléphone. Il ne lui restait plus qu'à braver la pluie. Il sangla son casque et partit à la recherche d'une épicerie de quartier. Il avait des courses à faire.

Le vieux Turc de la porte de Gentilly n'en est toujours pas revenu. Un inconnu casqué a fait irruption dans sa boutique, alors qu'il était en train de baisser le rideau. Il n'a pas demandé la caisse, mais du pâté de foie. Douze boîtes. Tout le stock. Et en plus, il a tout payé.

De nuit, sous la pluie, il fallait vraiment être dingo pour s'aventurer sur cette pauvre échelle. Marco faillit glisser dix fois avant d'atteindre la trappe. Cavalcade, grincements. La tête enjouée de Lim le Bidouilleur apparut dans le carré de lumière.

— Tu as mon pâté de foie ?

— Oui, marmonna Marco.

— Alors tu peux entrer. Tu te rends compte que je n'ai rien avalé depuis ce matin ? J'ai donné tout ce qu'il me restait à ces fichus piafs. Je n'en peux plus, je crois que je vais m'en débarrasser. Ça se mange, des pigeons voyageurs ? La nuit, ils me bombardent de chiures, ça me rappelle les Stukas allemands quand ils ont fondu sur la Pologne. Regarde, j'en ai plein les cheveux !

Lim avait les yeux injectés de sang et un débit de paroles anormalement rapide. Il lança l'une de ses Crocs en direction des pigeons qui voletaient en tous sens. « Il a l'air bien chargé, songea Marco. Il doit encore lui rester de la poudre dans les narines. Peut-être même qu'il en donne à ses pigeons ? »

— Assieds-toi là, dit Lim.

Il trottina jusqu'au bureau pour y prendre une pile de feuilles.

— Ça n'a aucun intérêt, ton truc.

— Tu as remarqué des choses bizarres ?

— Il y a beaucoup de chiffres. Des rapports sur des cargaisons arrivées en retard. Des acomptes à verser. Et un nom qui revient à plusieurs reprises : Kiev Import. J'ai essayé de retrouver sa trace sur internet, mais il n'y a rien. D'après ce que j'ai compris, c'est une société d'import-export ukrainienne.

— Oui, j'ai visité ses locaux dans une zone industrielle, près d'Orly. Mais il n'y avait plus personne, les occupants étaient partis précipitamment.

Lim tendit les documents à Marco, qui les prit sans conviction et soupira, sans même chercher à cacher son découragement.

— Merci Lim, je regarderai tout ça, mais j'ai bien peur de ne rien trouver d'intéressant, moi non plus. Je ne sais pas pourquoi Camille m'a remis ces papiers. Je ne comprends pas.

Lim fronça les sourcils et se pencha en avant.

— Tu as l'air totalement dévasté, mon vieux. Tu veux un petit remontant?

— Quel genre?

Lim éclata de rire. Un sifflement de porcelet asthmatique qui transperça les tympans de Marco.

— Un truc qui se fume.

— Je préférerais un truc qui se boit.

— Comme tu veux. Tu vois la caisse, là-bas? Il doit y avoir quelques bouteilles de bière. Elles sont sûrement tièdes, mon frigo est en panne depuis six mois. J'ai un fond de gin, sinon. Tu préfères quoi?

— Tu as du tonic pour diluer le gin?

— Non, juste du sirop d'érable. C'est pas mal, ça adoucit.

— Gin-sirop d'érable? Merci, je crois que je vais prendre une bière.

Nouveaux bruits de soufflerie du porcelet.

— Tu te méfies, hein? Tu as raison, ça troue le ventre, ce truc. Allez, va pour la bière. Tu peux en rapporter deux?

Marco enjamba quelques cartons, il se prit les pieds dans un sac de câbles.

— Qu'est-ce qui t'arrive? Tu es encore plus maladroit que d'habitude, rigola Lim.

— Oui, sans doute. Je suis un peu mal, en ce moment.

— C'est quoi le problème?

Marco se contenta de soupirer, mais cela suffit à Lim.

— Oh ça, je sais ce que ça veut dire. Tu t'es fait larguer par… Comment elle s'appelait, déjà?

— Kristel.

— Oui, c'est ça, Kristel. Elle est partie, hein?

— Oui.

— Tu veux en parler?

— Non.

Lim coinça le bouchon de sa bouteille contre le rebord de la table. D'un coup sec, il la décapsula. Puis il s'attaqua au pâté de foie.

— Faut pas se mettre dans cet état. Il paraît que les chagrins d'amour réduisent l'espérance de vie. Fais comme moi, reste seul, tu ne seras jamais déçu.

— Oui, c'est une solution, sourit Marco.

Il but une gorgée de bière.

— Il n'y a pas que ça. J'ai dîné avec un vieux copain de mon père. Ça m'a achevé.

— Pourquoi? Il t'a appris des trucs craignos sur ton paternel?

— Il m'a surtout pris la tête.

— Mais c'est qui, ce mec?

— Il s'appelle Turenne. Il venait souvent à la maison quand j'étais jeune. C'est un peu l'ami de la famille. Le protecteur.

— Un peu aussi l'amant, non?

— Pourquoi tu dis ça?

— Il n'a jamais fricoté avec ta mère?

— Avec ma mère ? N'importe quoi ! C'est pas du tout son genre de beauté.

— Méfie-toi, les sentiments poussent parfois sur des terres très arides. Ils grandissent, poussent les pierres, cherchent la lumière. L'amour n'est pas une science exacte, mon gars. Certains y ont droit, d'autres pas. Regarde-moi, je suis le fruit d'une saillie aussi brève que sauvage. J'ai été pondu comme un œuf, sans même être couvé. Pire qu'un animal.

Il reprit son souffle, éprouvé par ces mots qui venaient de sortir de son corps difforme. Lim n'était qu'une boule de souffrance. Il essuya son front luisant de sueur.

— Mais je m'égare. Dis-moi plutôt pourquoi il t'a pris la tête.

— En fait, nous bossons pour lui, en ce moment. Il a une boîte dans l'agroalimentaire, et il nous a demandé d'inspecter ses usines et ses fournisseurs. C'est un gros chantier. Nous étions sur le point de le boucler lorsque Camille a disparu.

— Elle s'appelle comment, sa société ?

— Les établissements Monchal.

Lim se mit à pianoter sur son ordinateur. Un réflexe.

— Et alors, il est où, le problème ? reprit Lim.

— Il veut monter en gamme et faire du bio. Le souci, c'est qu'il n'est pas du tout aux normes. J'ai essayé de le lui faire comprendre, ce soir, mais il ne veut rien savoir. Il est dans le déni et me demande d'enjoliver la réalité.

— Pourquoi ça te rend malade? Fais ce qu'il te demande, récupère le fric et bye-bye!

— C'est plus compliqué que ça. Camille et moi sommes accrédités par l'État. Ça veut dire que nos rapports servent de référence aux autorités. Normalement, les fonctionnaires qui sont chargés d'attribuer ce label devraient mener des contre-expertises, mais ils sont tellement débordés, leurs effectifs sont tellement faméliques, qu'ils se contentent souvent de nos audits. Ils nous font confiance.

— Et ça, Turenne le sait?

— Oui. Et pour m'attendrir, il joue sur les sentiments. Il me rappelle tout ce qu'il a fait pour ma famille. C'est tout juste s'il ne me fait pas du chantage. Il laisse entendre qu'il coupera le robinet si je suis trop pointilleux, et que je devrais fermer ma boîte, faute d'argent. Le pire, c'est qu'il n'a pas tort. En ce moment, ça ne marche pas fort.

— Qu'est-ce que tu vas faire? fit Lim en plongeant ses doigts dans le pâté de foie.

— Je ne peux pas tordre la vérité. J'ai vu des choses peu ragoûtantes dans ses usines. Tu verrais la façon dont il conditionne ses canards… Moi, dans cette histoire, j'engage ma responsabilité. Imagine qu'il provoque une intoxication alimentaire. Je me retrouverai avec lui à la barre des accusés. Merci bien!

— Oh oh…

— Qu'est-ce qu'il y a?

— Viens voir.

Lim n'avait pas détaché ses yeux de l'écran durant toute la conversation. Il exultait. Marco vint se poster derrière lui. Des graphiques. Des tableaux. Des textes. Rien de bien affriolant.

— C'est son site internet? s'enquit-il.

— Non, celui de l'Autorité des marchés financiers. Ton Turenne a mis une partie de son capital en bourse. Il est donc obligé de rendre des comptes et de communiquer certaines données financières. C'est ce que je suis en train de regarder.

— Et c'est accessible à tout le monde?

— Oui. Enfin, pas cette partie. Mais c'est très facile d'y accéder.

— Ne me dis pas que tu pirates un site officiel…

— Une petite incursion, juste le temps de lire deux ou trois trucs. Ça, par exemple.

Lim montra quelques lignes, écrites en caractères minuscules, en bas de l'écran.

— Qu'est-ce que c'est?

— La composition de l'actionnariat.

— Et alors?

— Je veux savoir qui possède les parts. Et qui contrôle la société.

— Ben c'est Turenne!

— Il n'y a pas que lui, apparemment.

— Ah bon? répondit Marco, distraitement.

Le sujet ne le passionnait guère. Il était tard et ses yeux se fermaient tout seuls. Un pigeon passa en rase-mottes. Marco suivit son vol tourmenté.

— C'est William, celui-là?

— Non, c'est Kate. Tu ne vois pas que c'est une femelle?

— Elle est mal en point, ta princesse.

— Normal, elle n'a pas mangé. Tiens, Kate, finis le pâté!

Il fit glisser la boîte sur le plancher. Les pigeons se précipitèrent dessus.

— Bon, tu m'écoutes? «Établissements Monchal, anciennement DLB, société détenue à parts égales par Messieurs Turenne Duthoit-Monchal, Manuel Lauvert et Ricardo Bati.»

— Je ne comprends pas.

— Ça veut dire que ton paternel a participé à la création de la société.

— Mon père? Mais c'est impossible…

— C'est écrit là. Ton père a été actionnaire de la société Monchal.

Marco le regarda, effaré.

— Pendant combien de temps?

— Je ne sais pas, ce n'est pas précisé. Sans doute Turenne a-t-il fini par racheter ses parts. Je vérifierai, si tu veux. Aujourd'hui, il détient 80% du capital, le reste a été mis en bourse.

— Pourquoi ne m'en a-t-il jamais parlé?

Lim écarquilla les yeux en signe d'ignorance.

— Tu me poses une colle. Et le troisième homme, Ricardo Bati, tu le connais?

— Non.

— Et bien je vais me mettre en chasse. Ça m'excite bien, ton histoire.

— Moi je rentre. Je ne tiens plus. Appelle-moi si tu trouves quelque chose, d'accord ?

— Tu peux dormir là si tu veux. J'ai deux couettes et je dois bien avoir un oreiller quelque part.

À cet instant, une chiure de pigeon s'écrasa sur le lino, à moins d'un mètre de Marco.

— Merci, Lim, mais je préfère y aller. Vraiment. Merci pour ton aide, je te revaudrai ça.

— Mon poids en biscottes et on n'en parle plus.

— Ça marche.

Marco se glissa prestement dans l'ouverture, sous l'œil torve et envieux du prince William. Il disparut au moment où Lim dégoupillait une nouvelle boîte de pâté de foie.

15

Les chiens hurlaient dans la brume. Camille les voyait, la bave aux lèvres, les naseaux fumants. Leurs crocs claquaient dans le vide, leurs yeux cruels scrutaient la nuit. Camille ne bougeait pas, il ne respirait plus. Un seul geste et ces molosses le mettraient en pièces. Soudain, un sifflet retentit. L'appel du maître. Les animaux partirent ventre à terre. Les jambes flageolantes, Camille se laissa glisser le long du tronc. Ce répit était providentiel. Il se mit à courir vers le soleil couchant. La route passait là-bas, à l'ouest des marais. Il avait une chance de l'atteindre. Il s'enfonça dans les fourrés. Une branche lui griffa la joue, il glissa, parvint à se rétablir. Ses pieds nus s'enfonçaient dans la glaise. Soudain, il ressentit une vive douleur au talon gauche. Une coupure. Elle était profonde. Pourvu que les chiens ne reviennent pas, l'odeur du sang les rendrait fous. Camille ramassa un bout de bois, il s'en servit comme d'une canne. Boitant, il parcourut une centaine de mètres avant de s'arrêter, épuisé. La sueur lui brûlait les yeux. Il se sentait fébrile, il grelottait. Il s'agenouilla devant une mare saumâtre et s'aspergea la figure. La surface de l'eau, d'abord troublée, redevint lisse. Un visage apparut dans le reflet.

— Lucca...

Un jeune garçon au sourire triste le regardait. Lucca. Son fils.

Camille hurla. Un cri inhumain. Un vagissement de bête traquée. Brisé par la douleur, il glissa au sol. Des mains invisibles se serrèrent autour de son cou.

— Non, Lucca. Je t'en prie...

Un voile noir passa devant ses yeux. Ses forces le quittaient. Il étouffait.

Dans un sursaut, Camille se redressa. Il ouvrit les yeux. L'aube pointait dans la cellule. Il agrippa le collier de fer qui lui serrait la gorge. La chaîne avait failli l'étrangler lorsqu'il était tombé du lit. Péniblement, il réussit à s'asseoir. Quel horrible cauchemar ! Un frisson lui parcourut l'échine. Il se sentait nauséeux. Voir ce visage d'enfant dans le reflet de l'eau l'avait bouleversé.

Lucca, fruit d'un amour passionnel avec une Brésilienne. Lucca, une plaie béante qui ne s'était jamais refermée. Comment le pourrait-elle ? La dernière fois qu'il avait vu son fils, il portait encore des couches. Il les avaient retrouvés, lui et sa mère, dans leur appartement, près de Belo

Horizonte. Huit jours de bonheur, puis Camille était reparti sur un cargo. Une traversée éreintante, avec un équipage philippin qui lui en avait fait voir de toutes les couleurs. Il avait même dû mater un début de mutinerie. Lorsqu'il était rentré, deux mois plus tard, l'appartement était vide, sa femme avait largué les amarres. Elle n'avait pas supporté cette vie d'attente. D'origine japonaise, issue d'une famille pauvre, elle avait longtemps espéré que son *french lover* l'emmène à Paris. Mais Camille n'en avait pas eu le temps. Il ne lui avait pas non plus proposé de l'épouser. Déçue, sa belle Brésilienne était partie avec Lucca sans donner d'adresse. Dix ans, déjà.

Une toile bleue, piquée de diamants par une main céleste, avait été tendue sur Odessa. Camille aurait bien aimé contempler cette pluie d'étoiles, mais la chaîne qui le clouait à sa couche était trop courte pour qu'il atteigne la lucarne. Une semaine déjà qu'il était retenu dans cette prison. Plus les jours passaient, plus il doutait de revoir un jour son pays. Ces fumiers ne le libéreraient jamais, car il en savait trop. Zarov le lui avait clairement fait comprendre : Camille menaçait ses intérêts, il ne le laisserait pas démanteler le réseau qu'il avait patiemment tissé.

Camille se rallongea sur sa couche immonde. Une vague de désespoir le submergea, il n'essaya même pas de lui résister. Toute cette histoire était cousue de fil blanc, Camille n'avait été qu'un pion minable sur un échiquier. Avant même qu'il ne décolle, Zarov savait qu'il venait à Odessa et lui avait tendu un piège. Mais qui l'avait prévenu?

Quelqu'un qui connaissait ses intentions. Quelqu'un qui avait accès à ses dossiers. Quelqu'un comme... Andréa. Plus il y réfléchissait, plus l'évidence s'imposait : ce ne pouvait être que lui. Il avait été témoin de toutes les discussions, il était au courant de tout. Pour une raison que Camille ignorait, Andréa avait averti Zarov ou l'un de ses sbires.

Cette idée pouvait sembler folle, mais l'était-elle plus que l'enchaînement de circonstances qui l'avait entraîné ici? Toute cette histoire était née d'un malencontreux hasard. Un simple contrôle de routine mené pour le compte d'un client, Turenne Duthoit-Monchal. Camille avait voulu en savoir plus sur ce nouveau fournisseur au nom exotique, Kiev Import. Il s'était plongé dans ses factures. Quelques heures avaient suffi au vieux loup de mer pour lever le lièvre. Les documents de douane n'étaient pas conformes, les bordereaux falsifiés ou mal remplis. Incompétence? Erreur? Camille aurait pu se contenter de signaler le problème à son client, mais il voulait être sûr. Son accusation serait bien plus forte si elle était solidement étayée. En toute discrétion, il avait décidé de se rendre sur place. Sans doute aurait-il dû avertir Marco, mais celui-ci venait de partir chez sa mère. C'était, pour lui, un tel stress d'aller là-bas, que Camille n'avait pas voulu rajouter une couche d'inquiétude. Ce scrupule risquait de lui coûter cher; à cause de lui, il pourrait bien finir sa vie au fond du port d'Odessa. Qui pourrait s'imaginer qu'il était en train de croupir dans un infâme cloaque, sur les bords de la mer Noire? Son seul espoir résidait en un petit bout de femme monté sur talons, au fichu caractère, mais à la gentillesse exacerbée : Lena. Peut-être s'était-elle rendue chez Marco pour lui remettre l'enveloppe? Il essaya d'imaginer la tête de son ami lorsqu'il l'ouvrirait. Parviendrait-il à s'y retrouver dans ce fouillis? Camille aurait tellement aimé lui expliquer qu'il avait trouvé ces documents dans les locaux de Kiev Import, à Orly, et qu'ils contenaient des informations précieuses sur des importations illicites de nourriture. Mais Marco le comprendrait-il? Et saurait-il rester prudent? Pourvu qu'il n'en parle pas à Andréa. Cette petite ordure se ferait un plaisir de brouiller les cartes. Les derniers mots de Zarov lui revinrent en mémoire. «Vous m'avez beaucoup aidé, Camille. Bien plus que vous ne l'imaginerez jamais.» Oui, il n'était qu'un pion minable sur l'échiquier. Dans un mouvement de rage, Camille tenta d'arracher la chaîne du mur. Jamais, de sa vie entière, il n'avait ressenti un tel sentiment d'impuissance.

16

Malakoff *by night*. Lumières safran, ombres chinoises derrière les fenêtres, une silhouette massive et un bruit de tôle. Il était trois heures du matin et Raymond descendait son rideau métallique. Marco arrêta son scooter à sa hauteur.

— Tu finis tard, dis donc, lui lança-t-il.

— Un client a fêté son anniversaire, répondit-il, avant de s'éloigner d'un pas lourd et boitillant.

Fallait-il être hautement dépressif pour organiser une fête chez Raymond. Ou alors cette personne n'avait pas d'amis et elle avait convié tous les pochtrons du coin à un festin. Raymond en avait-il profité pour améliorer l'ordinaire ? Ajouter quelques légumes aux saucisses de Strasbourg ? Ou, soyons fous, remplacer les œufs-mayo par du céleri rémoulade ? Marco se mit à rire de son audace. Raymond, qui changerait ses habitudes, le temps d'une soirée ? Scénario improbable.

Marco gara son deux-roues au pied de son immeuble. La batterie était totalement à plat, c'était un miracle qu'elle ait tenu jusqu'au bout. Il monta les étages quatre à quatre et trouva Lena endormie sur le canapé. Elle s'était drapée dans un manteau. Pourquoi n'avait-elle pas ouvert les armoires ? Il y avait des draps et des couvertures. Sans doute n'avait-elle pas osé. Marco s'en voulut, il aurait dû l'appeler. Il s'approcha. Elle semblait tellement fragile, recroquevillée sur ce coussin. Il rajusta le vêtement qui avait glissé de son épaule. À cet instant, son portable sonna. Le son, strident, fit sursauter la jeune femme. En voyant cette silhouette, à contre-jour, penchée sur elle, elle cria de frayeur. Il fit un bond en arrière.

— C'est moi ! C'est Marco !

Il mit du temps à trouver son téléphone. C'était Lim. Un vrai pot de colle, celui-là. Pourquoi ne lui envoyait-il pas un pigeon voyageur ? Ce serait plus discret.

— Marco ? Je ne te réveille pas, au moins ?

— Non, dit-il d'une voix lasse, je viens juste de rentrer.

— J'ai trouvé des choses sur Ricardo Bati. C'est un ancien cuistot d'origine portugaise. Apparemment, il avait plutôt la cote quand il portait la toque. Il a même été chef dans un palace parisien. Il y a vingt-sept ans, ton père et Turenne lui ont proposé de créer une société. Il a accepté. C'est le fameux groupe DLB dont je te parlais tout à l'heure. DLB, comme leurs initiales : Duthoit-Monchal, Lauvert et Bati. Et puis le groupe a changé de nom, je ne sais pas quand.

— Certainement lorsque Turenne a racheté les parts de ses associés, hasarda Marco.

— Ce qui est étrange, c'est que je n'ai trouvé aucune trace de cette opération.

— Et alors?

— Elle devrait figurer dans les documents de référence, c'est obligé. Je vais continuer à chercher. En attendant, je t'envoie l'adresse de Ricardo Bati. Son nom apparaissait encore dans l'organigramme de la société l'an dernier. Il a sûrement des choses à t'apprendre sur ton père.

Marco accusa le choc. La phrase de Lim lui avait traversé le cuir, qu'il pensait pourtant épais. Comme s'il n'avait pas eu assez de chocs émotionnels ces derniers jours : Camille disparaissait, Kristel le quittait, et maintenant, son père surgissait du passé.

— Ça va?

Lena s'était dressée sur son séant. Elle s'inquiétait de son silence. Marco la rassura d'un sourire. Dans le combiné, Lim vociférait contre le couple princier.

— D'accord, envoie-moi l'adresse, dit enfin Marco. Il habite où, ce Ricardo?

— Arromanches.

— C'est où ça?

— Dans le Calvados. J'ai vu des photos, ça a l'air sympa. Une station balnéaire nichée dans les falaises. Les Alliés y avaient construit un port artificiel, lors du débarquement.

— Je crois que je vais y faire un tour. Merci, Lim.

— Pas de quoi. On se rappelle. Tu te souviens que tu m'as promis ton vieux scanner? Apporte-le vite, ça fera plaisir à Kate. Elle est intenable depuis que tu es parti. Je pense qu'elle est amoureuse de toi.

Il raccrocha. Lena, titubante de sommeil, se dirigea vers la cuisine. Elle avait passé l'un de ses pulls d'hiver. Les manches pendouillaient de façon comique. Elle se servit un verre de lait.

— Tu fais très «petite fille», comme ça, s'amusa Marco.

— Je le suis. Quand je me sens bien.

Il lui rendit son sourire, puis, gêné, montra le sofa.

— Je ne vais pas te laisser dormir là-dessus, tu grelottais de froid, tout à l'heure.

— Non, ça va, ne t'inquiète pas pour moi.

— Lena, je me sens tellement coupable. Toute ta vie est chamboulée à cause de moi.

— Je t'ai déjà dit que ça n'aurait rien changé. J'aurais fini par me jeter sous une voiture. Tu m'as peut-être sauvé la vie, Marco.

Elle s'approcha de lui. Son regard était nimbé de tendresse. Jamais elle ne l'avait dévisagé ainsi. Un mélange de douceur et de reconnaissance, et peut-être même d'autre chose. Celle fille éveillait son désir, mais comment Marco devait-il prendre ce petit objet ? Comme une fille qui connaissait son affaire et allait lui faire passer un bon moment ? Comme un trouble naissant ? Le visage de Kristel flotta dans l'air, fugace et inquisiteur. Deux doigts invisibles lui pincèrent le cœur. Il n'était pas prêt. La douleur de la séparation était encore trop vive. Lena lui prit la main. Marco sourit, gêné, tandis qu'elle avançait ses lèvres.

— Plus tard, peut-être, murmura-t-il.

Ils restèrent un long moment, immobiles, les yeux soudés.

— Je comprends, dit Lena dans un souffle.

Elle recula d'un pas, croisa les bras pour réprimer un tremblement et désigna le canapé du menton.

— Je vais me recoucher. Ne t'en fais pas, je suis très bien là-dessus.

— Attends, je vais te donner une couette.

Il ouvrit en grand les portes de l'armoire.

— Tout à l'heure, tu parlais d'aller faire un tour quelque part. Où ça ?

— En Normandie, répondit-il, tout en farfouillant dans les étagères. Je ne pense pas que ça m'aidera à savoir où est Camille, mais j'y trouverai peut-être d'autres réponses. Tiens, prends ça, tu auras chaud.

Il en sortit un énorme édredon qui amusa beaucoup Lena.

— Mais je vais me noyer là-dedans !

— Je t'enverrai une bouée.

Elle s'allongea et se mit à glousser tandis qu'il la bordait.

— Tu es vraiment foldingue, je ne sais pas ce que je vais faire de toi, rigola-t-il. Et si je te mettais dans un zoo?

— Quoi? C'est toi qui me dis ça? Espèce de mâle dégénéré, va!

Elle le bombarda avec son oreiller, le forçant à battre en retraite.

— Je partirai tôt demain matin, dit-il encore. Je tâcherai de ne pas te réveiller. Si tu t'ennuies, tu peux te balader sur la Coulée verte. C'est un petit chemin arboré qui traverse Malakoff et file vers le parc de Sceaux. Tu peux aller au marché, aussi. Si tu veux cuisiner, ne te prive pas. Évite juste les langoustines…

Elle n'avait pas encore ajusté son oreiller que des ronflements puissants fusèrent de la pièce voisine. Marco s'était évanoui de fatigue. « Pas de regrets », ricana-t-elle en plongeant sous sa couette.

17

Le taxi arrêta Marco devant une maison sans charme, dans la rue principale d'Arromanches. Une lumière d'après orage, métallique, irisait le macadam. L'air était épais et chargé de gouttelettes. Il s'immisçait sous les écharpes, collait à la peau, coulait dans les poumons. En prêtant l'oreille, on entendait un bruit sourd, à la fois proche et lointain. La mer servait de partition aux mouettes qui poussaient des cris de guerre au ras des toits. Marco vérifia deux fois l'adresse avant d'appuyer sur la sonnette. Jamais il n'aurait imaginé que Ricardo Bati vive dans un lieu aussi quelconque. La bicoque, qui devait dater du début du vingtième siècle, était petite et mal entretenue. La peinture des volets était écaillée, la façade salie par les embruns. Les garde-corps du premier étage étaient vermoulus et la toiture mal en point. Pas vraiment l'endroit où l'on s'attendrait à voir un ancien chef d'entreprise. La porte s'ouvrit, livrant passage à un homme de petite taille, un peu voûté. Ses cheveux grisonnaient. Il plissa les yeux pour apercevoir le visiteur.

— Oui ? C'est pour quoi ?

La voix était rauque, le débit saccadé. Le regard bleuté était dur, presque hostile. L'homme portait un pull jacquard rouge et bleu et un pantalon gris en velours côtelé.

— Monsieur Ricardo Bati ?

— C'est moi. Que me voulez-vous ?

— Je m'appelle Marco. Je suis le fils de Manuel Lauvert. Je ne vous dérange pas ?

Marco lui aurait décoché un uppercut, Ricardo n'aurait pas réagi plus fort. Sa bouche s'entrouvrit, des rides creusèrent son front. Ses épaules s'affaissèrent, puis il se tourna sur le côté. Ricardo Bati accusait le choc. Il respira profondément avant de reprendre contenance.

— Marco… Comme tu as changé, dit-il enfin. La dernière fois que je t'ai vu, tu avais douze ans. Tu étais venu chez moi avec ton père et tu t'amusais à tirer sur les pigeons avec ton lance-pierre. Tu m'avais même cassé un carreau, chenapan !

— Je me souviens. J'ai pris une dérouillée, ce jour-là. C'est la seule fois que mon père a porté la main sur moi. Ça l'a tellement bouleversé qu'en rentrant, il m'a demandé pardon.

— Ça ne m'étonne pas. Il ne supportait pas la violence, il détestait hausser la voix. Quand il y avait une dispute, entre Turenne et moi, il essayait toujours de calmer le jeu. Du coup, l'engueulade se retournait souvent contre lui. Mais entre, mon garçon, tu ne vas pas rester sur le perron.

La salle à manger était sombre et vieillotte. Un sol en lino imitation parquet, du papier peint à motifs d'entrelacs, des tâches d'humidité au plafond et une comtoise, plaquée près d'une cheminée peinte en noir. La table, carrée, était recouverte d'une toile cirée écossaise. Au fond, par la porte entrouverte, il aperçut un réchaud à gaz, une table en formica et trois casseroles accrochées sur un mur en faïence.

— Tu veux un café ?

— Oui, merci.

Ricardo s'éclipsa dans la cuisine. Marco s'assit sur l'unique fauteuil. Un silence pesant s'installa, seulement troublé par le balancier de l'horloge. En face de lui, sur une étagère, trônaient quelques livres : *Guerre et Paix*, de Tolstoï, *La cuisine moléculaire* et *Bilan comptable, les nouvelles règles*. Curieux decorum.

— C'est du réchauffé, mais il est bon quand même, lança Ricardo, en revenant dans la pièce.

Il disposa deux tasses sur la table, prit son temps pour servir le café. Puis il poussa le pot à sucre vers son visiteur et s'assit en face de lui.

— Alors, qu'est-ce qui t'amène ici ? demanda-t-il.

Inutile d'emprunter des détours, Marco y alla franchement.

— J'aimerais que vous me parliez de mon père.

Ricardo ne parut pas surpris. Si Marco s'était donné la peine de venir jusqu'ici, ce n'était pas pour respirer le bon air normand.

— D'accord, mais dis-moi d'abord comment tu m'as retrouvé. J'avais pourtant fait des efforts pour rester discret.

— Grâce à un ami qui est né sur internet, qui y a élu domicile et demandera, lorsqu'il aura perdu ses derniers neurones, que ces cendres soient dispersées sur la Toile. Il n'a mis qu'une heure à vous localiser.

— Je vois… Bon, que veux-tu savoir, Marco ?

— Dites-moi ce que mon père faisait dans cette société.

— Il ramenait des contrats de l'étranger. Il avait la hargne et ne se laissait jamais décourager. Plusieurs fois, il nous a débrouillé des coups difficiles.

— Combien de temps y a-t-il bossé ?

— Je ne sais plus. Une dizaine d'années, peut-être davantage.

— Tant que ça ?

— Oui, pourquoi ? Ça t'étonne ?

— D'après Turenne, c'était beaucoup moins.

— Ah bon ? C'est possible, je perds un peu la mémoire. C'est ça d'être retiré du monde. Ici, je ne fais rien, à part pêcher et regarder la mer. Tu n'imagines pas comme c'est beau, l'hiver, là-haut, sur les falaises. L'eau s'amuse avec les rayons, elle prend des teintes vertes, joue avec le gris, le décline dans toutes ses nuances. C'est féérique.

— Il faudra que je revienne me balader dans le coin, promit Marco.

Il porta la tasse à ses lèvres. Le café était tellement fort qu'il dut rajouter un sucre entier pour en adoucir le goût.

— Pourquoi l'a-t-il quittée? demanda-t-il brutalement.

Ricardo ne répondit pas tout de suite. Il se massa la nuque d'un air embarrassé.

— Je me doutais bien que tu me poserais la question. C'est difficile de te répondre, mon garçon. On ne salit pas la mémoire d'un homme disparu, encore moins devant son fils.

— J'en sais déjà pas mal, vous savez. Ma mère n'a jamais été très tendre envers lui. Et Turenne m'a raconté certaines choses. Il m'a parlé de la danseuse de tango.

— Ah, tu es au courant? Alors tu sais pratiquement tout.

Il se mit à rire, visiblement soulagé, dégaina un cigare de sa poche et le huma d'un air gourmand.

— Qu'est-ce qu'il nous a bassinés avec son Argentine! Pendant trois mois, il n'a cessé de parler d'elle. Il avait même pris des cours de tango pour lui servir de partenaire. Au début, ça nous amusait, puis nous nous sommes rendu compte que c'était sérieux. Jamais je n'aurais imaginé qu'il abandonne ta mère pour cette femme.

— Vous l'avez vue?

— Non, et je t'avouerai que je n'en ai jamais eu envie. Cette fille, dont j'ai oublié jusqu'au nom, a eu une influence catastrophique sur ton père. À cause d'elle, il a divorcé et il a quitté la boîte. Malgré nos appels pressants, il n'est jamais revenu.

— Qu'a-t-il fait de ses parts?

— Il les a revendues.

— À qui?

— À Turenne.

— Ça devait représenter une belle somme.

Ricardo baissa la tête. Les questions de Marco le gênaient de plus en plus.

— Oui, à condition de ne pas laisser l'argent s'évaporer. La danseuse de tango avait la folie des grandeurs. Jamais elle n'aurait porté la même toilette deux jours de suite. Ils vivaient à Buenos Aires dans un appartement cossu. Ils organisaient des concerts privés, des réceptions. Mais l'âge d'or n'a pas duré. En quelques années, le pactole avait fondu. Lorsqu'il s'est retrouvé sans le sou, elle l'a chassé et s'est remariée avec un éleveur de bétail. Manuel est mort dans la misère.

Marco aurait voulu en savoir plus, mais il n'aimait pas la façon dont Ricardo parlait de son père. Sans doute celui-ci n'avait-il été, sa vie durant, qu'un irresponsable et un flambeur, mais il n'en avait pas moins été son père. Il ne méritait pas ce ton compassé.

— Et vous, Ricardo, qu'avez-vous fait de vos actions?

— Moi aussi, je les ai revendues à Turenne. Il voulait avoir les coudées franches et pour moi, il était temps de prendre un peu de distance avec le monde du business. Il m'a fait une belle offre.

— Donc aujourd'hui, Turenne est le seul maître à bord. L'un de ses associés est mort et l'autre ne possède plus une seule action dans l'entreprise, c'est bien ça?

— Oui. Turenne est majoritaire, il possède 80% des parts, il a placé le reste en bourse pour se donner les moyens d'investir.

Ricardo tira longuement sur son cigare. À dix heures du matin, il fallait en avoir envie. L'odeur écœurait Marco, mais il ne dit rien.

— Je suis ravi que Turenne poursuive l'aventure, poursuivit Ricardo. Et je suis sûr que ton père penserait comme moi. Cette boîte, c'est notre fierté, nous l'avons fait grandir ensemble. Et l'histoire n'est pas finie, Turenne peut aller beaucoup plus loin. J'espère sincèrement qu'il y parviendra.

Un court instant, plus personne ne parla. Marco se laissa bercer par le cliquetis hypnotique de la comtoise. Ses pensées étaient orphelines, elles parcouraient le passé à la recherche de souvenirs heureux. Mais Ricardo ne lui laissa pas le temps de les trouver.

— Que comptes-tu faire, maintenant, mon petit Marco?

— Mon associé a disparu. Il était en mission à l'étranger. Je pense qu'il est retenu quelque part, contre son gré. La seule chose qu'il m'ait laissée, ce sont des liasses de feuilles, estampillées au nom d'une obscure société ukrainienne, Kiev Import. Ça ne vous dit rien?

— Kiev Import? Non, je ne vois pas. Comment la connaîtrais-je?

— C'est un fournisseur du groupe Monchal.

— Ah? Mais tu sais, je ne les connais pas tous. Et je suis rangé des voitures, maintenant.

— Pourtant, vous êtes resté très proche de Turenne. Vous travailliez encore dans la société l'an dernier, n'est-ce-pas ?

— J'ai un rôle de conseiller. Je ne m'occupe plus du tout des opérations. Tu en as parlé à Turenne ? Qu'est-ce qu'il en dit ?

— Nous avons eu une soirée… difficile, tous les deux. Je vais attendre un peu avant de le revoir.

Ricardo scruta longuement Marco, comme s'il cherchait à sonder ses pensées.

— C'est vrai qu'il est un peu nerveux, en ce moment. Les affaires ne marchent pas bien, la concurrence est rude. Il fait un pari osé en passant au bio. C'est une profonde remise en cause. Ne lui en veux pas, il t'aime beaucoup.

— Je sais, oui.

Rougeoiement du cigare. Volutes de fumée. Le bercement de la comtoise. Et de nouveau, les questions de Ricardo.

— Elles contiennent quoi, ces fameuses feuilles ?

— Pour la plupart, il s'agit de factures. Elles viennent toutes du même endroit, le port chinois de Ningbo. J'ai bien envie d'aller y faire un tour.

— Mais qu'irais-tu fabriquer à l'autre bout du monde, seul, sans aucune piste sérieuse ? Tu n'es même pas sûr qu'il soit parti là-bas ! Il a peut-être eu des problèmes personnels. J'ai un ami qui, un jour, a fait un *burn out* à cause de son boulot. Du jour au lendemain, il a disparu. Il est revenu trois mois plus tard, c'était un homme neuf. Peut-être ton associé a-t-il besoin de faire un break ?

— Ce n'est pas son genre.

— Tu en as parlé à la police ?

— Non, pas pour l'instant.

— Alors fais-le. Tu n'es pas taillé pour mener ce genre d'enquête, mon gars.

Marco se leva soudainement, le front plissé.

— Il m'a mis sur une piste. Plus j'y pense, plus cela me semble évident. Il faut que j'aille en Chine.

— Je ne vois pas comment j'ai pu contribuer à ta décision, alors que je pense exactement le contraire ! Crois-moi, tu vas au devant de graves problèmes.

— Un de plus ou de moins... Merci de votre accueil, Ricardo, mais il faut que je parte. J'ai un train à Bayeux à midi vingt-trois.

— Hors de question ! Tu ne partiras pas d'ici avant d'avoir goûté mes coquilles Saint-Jacques. Je les flambe au pommeau, tu ne t'en relèveras pas. Ensuite, je t'emmènerai en voiture à la gare. Tu prendras le train suivant.

Marco rendit les armes, à la grande joie de Ricardo, qui l'attrapa par le bras.

— Viens, mon garçon, je vais te montrer mon potager. Ici, le temps ne s'écoule pas à la même vitesse qu'ailleurs. Laisse-toi aller. Ça fait du bien, parfois, de lâcher prise. Oui, ça fait beaucoup de bien...

18

Deux jours plus tard

L'avion entama lentement sa descente sur l'immensité bleutée. Une ligne de terre se dessina au loin. Marco tenta de s'étirer, mais il ne réussit qu'à se cogner le coude contre le hublot. Le voyage l'avait concassé. Il se sentait chiffonné, comme s'il était resté enfoui trop longtemps dans un sac à linge. Le vol avait été cauchemardesque : une tempête au-dessus de la Sibérie, une escale interminable à Pékin, et pour couronner le tout, une voisine encombrante, tant par son tour de taille que par son comportement : toutes les heures, elle s'était collée à lui pour se prendre en photo sur son téléphone. Étrange, cette manie du *selfie*. Que pourrait-elle bien tirer de ces portraits ? Plus tard dans la nuit, son regard chargé de concupiscence avait achevé de l'inquiéter. Cette fille était folle.

Heureusement, son supplice allait bientôt prendre fin. Dans quelques minutes, l'appareil se poserait à Ningbo. Un soleil radieux illuminait la baie de Hangzhou. L'avion survola une armada de porte-conteneurs, fétus minuscules au large des côtes chinoises, puis il passa au-dessus d'une forêt de tours grisâtres. Un ruban argenté apparut par la fenêtre. Il serpentait entre les collines et allait se perdre dans la brume. Les mots de Lena lui revinrent à l'esprit. «J'aimerais tant voir le Yang-Tsé, emmène-moi avec toi.» Il n'avait pas répondu. Cette fille était entrée dans sa vie de façon brutale, elle l'avait aidé et il n'était pas indifférent à ses charmes. Mais cette histoire ne la regardait pas. Elle devait rester à l'écart. Marco lui avait laissé les clés de son appartement, un peu d'argent. Et il espérait qu'elle serait là à son retour.

Une dernière manœuvre, et l'appareil se plaça dans l'axe de la piste. La ville s'étendait à perte de vue. Ningbo, l'ancienne concession portugaise. Ningbo et son pont de trente-six kilomètres posé sur un bras de mer – terminus Shanghai. Ningbo et son port en eau profonde. Une folie humaine, des centaines de millions de tonnes de marchandises charriées tous les ans. L'usine du monde tournait à plein régime et il en fallait toujours plus. Par son hublot, Marco voyait les chantiers hérissés de grues. D'immenses machines vomissaient du béton. Le monstre n'en finissait pas de grandir. Bientôt, de nouveaux bras lui pousseront, il les déplierait vers le large pour attraper des porte-conteneurs encore plus grands. Et tout ça pour envoyer toujours plus de fours à induction et d'étagères en contreplaqué aux confins de la terre. Marco n'avait jamais mis les pieds dans ce pays, mais il avait déjà le tournis. Il aurait aimé découvrir une Chine ancestrale, loin des bruits de la ville. Arpenter les jardins impériaux, où les mandarins se livraient jadis à des concours de poésie. Buller devant des carpes centenaires. Planter des bâtons d'encens à l'entrée d'un temple bouddhiste. Mais il sentait confusément qu'il n'aurait guère l'occasion d'approcher cette Chine romantique durant son séjour.

Venir ici n'était certainement pas la meilleure idée qu'il ait eue de sa vie. Ricardo ne s'était pas privé de le lui dire. Pendant leur repas, il n'avait eu de cesse de le dissuader. Marco avait tenu bon. De retour à Paris, il avait organisé son voyage en un temps record. Une nouvelle fois, Lim l'avait tiré d'affaire. « Contacte ce gars de ma part. Par SMS », lui avait-il écrit. À peine Marco lui avait-il envoyé un message que le fameux « gars », un dénommé Kuan Ti, lui répondait. Lim lui avait déjà tout raconté, il était prêt à aider Marco, il ne voulait pas d'argent et le ferait uniquement par amitié pour Lim. Ces deux-là ne s'étaient jamais vus, mais ils se connaissaient de réputation. Ils partageaient le même désir de casser le système et de libérer le web de la censure et des « Grandes oreilles » qui le surveillaient en permanence. En Chine, Kuan Ti avait du pain sur la planche.

L'avion s'immobilisa sur le tarmac. Tandis qu'il débouclait sa ceinture, Marco fut happé par sa voisine. Un flash l'aveugla. Cette fois, elle avait carrément sorti l'appareil photo. Cette *love affair* devenait vraiment trop sérieuse… Marco parvint à s'arracher à elle. La gourgandine se leva, elle lui écrasa deux orteils et lui adressa une mimique salace. Marco détourna le regard, dégoûté. Il attendit prudemment qu'elle disparaisse avant de s'engager à son tour dans la travée.

Les formalités douanières ne durèrent que quelques instants. L'efficacité chinoise avant tout : rien ne devait nuire au business, il ne fallait surtout pas compliquer la vie des investisseurs étrangers.

Lorsqu'il sortit dans le hall, Marco reconnut tout de suite Kuan Ti. Le portrait craché de Lim le Bidouilleur, mais en chinois. Un visage très rond, un nez retroussé, des pommettes saillantes, un physique de déménageur, un tee-shirt de base-ball, un jean sans forme et les Crocs réglementaires. C'était à croire que tous les hackers portaient ces terrifiants sabots de plastique. Mais lui, au moins, avait choisi le modèle élaboré, avec des brides caoutchoutées tenant l'arrière du pied.

— Monsieur Mak-wo ? Comment s'est passé votre vol ? demanda-t-il dans un anglais approximatif.

— Un peu chahuté. Merci d'être venu me chercher.

— Ningbo n'est pas une ville très accueillante. Ici, tout le monde est pressé. On ne vient pas par plaisir à Ningbo, mais pour y régler des problèmes. On parlemente, on graisse des pattes pour débloquer une situation. Ici, il n'y a pas de poètes. On préfère jouer avec les chiffres qu'avec les lettres. Et on triche.

— Avez-vous trouvé des choses sur Camille ?

— Ouch… Vous n'êtes même pas sorti de l'aéroport, vous voulez déjà tout savoir. Comme vous êtes pressé, monsieur Mak-wo !

— Pardonnez mon impatience, mais je n'ai guère de temps devant moi.

— Un jour, les Occidentaux apprendront à maîtriser le temps, professa-t-il, l'index levé. Alors ils trouveront la source de la sagesse.

Il éclata de rire.

— Je plaisante, monsieur Mak-wo ! Je ne crois pas du tout à ces poncifs. Il n'y a pas plus impatient que moi. Et je ne pense pas qu'il y ait beaucoup de sagesse chez tous les types cravatés qui nous entourent. Bon, sortons d'ici. J'ai garé ma voiture au troisième sous-sol.

Kuan Ti empoigna la valise de Marco et partit d'une traite. Marco dut courir pour le rattraper.

— Au fait, je ne vous ai pas réservé d'hôtel. Vous êtes mon hôte.

— Vraiment ? Mais je…

— Ne me remerciez pas. Vous êtes un ami de Lim. Je vais tout faire pour vous aider, monsieur Mak…

— Marco, appelle-moi Marco.

— C'est ce que je fais ! Tu peux compter sur moi, disais-je. Kuan Ti, en chinois, signifie « Celui qui

protège des injustices ». Tu vois, tu es bien tombé !
Allez, viens, on a de la route.

— Tu habites loin d'ici ?

— Vers Wuxiangzhen. Près du port.

— Dis-moi, tu n'élèves pas de pigeons, par hasard ?

— Des pigeons ? Quelle drôle d'idée ! Pourquoi
me demandes-tu ça ?

— Pour rien, Kuan Ti. Pour rien.

Marco ne put cacher son soulagement. Il lança
une bourrade joyeuse dans le dos de son nouvel
ami. Kuan Ti se mit à rire à son tour. Il y avait
décidément trop d'a priori entre les peuples. Qui
avait dit que les Français étaient des râleurs ? Il
n'y avait pas de gens plus joyeux.

Il ne fallait pas avoir envie d'éternuer dans
l'ascenseur. La cage mesurait à peine un mètre
carré. Pas commode, avec ce grand gaillard de
Kuan Ti. Mais ils étaient tout de même plus à
l'aise que dans la voiture. Avec son habitacle
en tôle arrondie, de couleur zinc, elle ressem-
blait à un ovni, tel qu'on les dessinait dans les
années cinquante. Le capot était hérissé d'an-
tennes. À l'avant, un énorme radiateur rappelait
vaguement le look des vieilles Lada. Cette caisse
à savon format lilliputien aurait fait fureur à
Disneyland.

Tintement aigu. Trente-septième et dernier
étage. Avec beaucoup de difficultés, ils parvinrent
à s'extraire de la cage. Kuan Ti s'effaça pour laisser
entrer Marco chez lui. L'entrée, tout en longueur,

desservait deux pièces. Une salle à manger sur la droite, une cuisinette et, de l'autre côté, un cube aux murs colorés : la chambre. Un matelas avait été jeté sur le sol. Partout, en vrac, des écrans et des machines reliées par des câbles. Des diodes clignotaient dans tous les sens. Ce fourbi électronique lui rappela l'antre de Lim le Bidouilleur.

— Attention aux fils ! intervint Kuan Ti.

Des prises multiples, agglomérées en grappes, jonchaient le sol. La configuration parfaite pour déclencher un bel incendie.

— Tu es fatigué ?

— Non, ça va, je tiens le coup.

— Descendons manger, alors. Laisse ton bagage dans la salle à manger, je déplierai le canapé tout à l'heure.

La pièce était encombrée de cartons. À l'intérieur, Marco aperçut des assiettes, des piles de livres, quelques vêtements. Kuan Ti les avait certainement posés là, le jour où il avait emménagé. À en juger par la couche de poussière qui les recouvrait, ils risquaient d'y rester encore longtemps.

Marco se passa de l'eau sur le visage. La température dépassait largement les trente degrés. Il voulut ouvrir la fenêtre.

— Les vitres sont scellées, désolé. Tu as trop chaud ? C'est à cause des ordis, ils tournent jour et nuit. Mais au moins, je n'ai pas besoin de chauffage en hiver.

Marco se consola en admirant la vue, époustouflante. À l'est, des collines verdoyantes tombaient en cascades dans la mer. Face à lui, une succession de petits lacs bleutés et plus au nord, derrière les gratte-ciel, la baie de Hangzhou, majestueuse et constellée de centaines de petits points noirs – des navires qui cinglaient vers la « perle de l'Orient », Shanghai.

— Tu viens ?

L'ascenseur redescendit anormalement vite vers la terre ferme. L'atterrissage, brutal, ne sembla pas émouvoir Kuan Ti.

— Tu vas voir, c'est bon et c'est pas cher, dit-il, en bousculant Marco, qui comprit à cet instant ce qui le différenciait de Lim le Bidouilleur : Kuan Ti n'était pas le genre d'homme à se contenter de biscottes et de pâté de foie.

Ce n'était pas vraiment un restaurant, mais plutôt une cantine où l'on pouvait manger à volonté pour quelques yuans. Dans des plats en aluminium, des boulettes de viande flottaient dans un bouillon saumâtre. Il y avait aussi du riz, des pilons de poulet et des légumes marinés. Kuan Ti remplit deux assiettes, prit deux bières et alla s'asseoir à l'écart sur une table en plastique. Il tendit une paire de baguettes à Marco et fronça les sourcils. La discussion sérieuse commençait.

— Tu ne m'as pas laissé beaucoup de temps, à peine une journée. Mais j'ai tout de même trouvé deux ou trois choses.

Kuan Ti dévisagea d'un air soupçonneux l'ouvrier, assis à côté d'eux, qui buvait bruyamment son bouillon. Puis il fit signe à Marco de s'approcher.

— Ce pauvre type est sûrement inoffensif, mais pour un billet, il te dénoncerait sans le moindre scrupule, murmura-t-il.

Il engloutit une cuisse de poulet, recracha des bouts d'os dans son assiette.

— Je ne sais pas si Camille est venu à Ningbo. Personne, ici, n'en a entendu parler. En revanche, j'ai retrouvé la trace de Kiev Import, la société ukrainienne.

— Vraiment ? Comment as-tu fait ?

— Aucun mérite. L'adresse figurait sur l'une des feuilles que Lim m'a scannées hier soir. Je suis allé voir. C'est un entrepôt discret, planqué sur une petite île au large de la péninsule. Elle s'appelle Fodu.

— On peut y aller ?

— Cette nuit, si tu veux.

Marco but d'une traite sa bière glacée. Ce premier repas chinois était divin. Quelques heures de sommeil dans la fournaise informatique de Kuan Ti et il serait d'attaque pour affronter tous les trafiquants du monde.

19

— Tu es sûr qu'il peut nous emmener sur l'île?

— Évidemment, qu'est-ce-que tu crois? J'ai préparé ta venue, s'offusqua Kuan Ti. Mais si tu veux t'y prendre autrement, ne te gêne pas.

Marco l'avait vexé. Mauvais, ça.

— Mais non, je suis sûr que tu as fait au mieux. Je n'ai pas le pied très marin, c'est tout. Bon, allons-y.

Ils grimpèrent dans l'embarcation, une coquille de noix équipée d'un moteur actionné par une gaffe télescopique. Dire qu'ils allaient franchir un bras de mer, de nuit, sur ce rafiot...

Le pilote les accueillit d'un bref mouvement de tête, puis il mit les gaz. La machine toussota, crachota, et elle finit par démarrer. Le bateau s'ébranla, il quitta la rade protégée et prit bravement le cap du large. Les premières vagues frappèrent l'esquif de plein fouet.

Ballotté, Marco commençait à regretter sa hardiesse. Plutôt que ce bruit de tondeuse qui lui perforait les tympans, il aurait préféré la musique rassurante d'un gros cylindre. Il se souvenait encore du ronronnement poussif du chalutier qu'il avait pris, avec son père, lors de vacances trop brèves en Bretagne. Marco avait vomi tout son saoul, mais il en avait gardé une vraie fierté. À treize ans, il avait bravé les éléments. Pour la première fois de sa courte vie, il avait eu une sensation de virilité. Et lorsqu'il était revenu sur la terre ferme, il n'était plus un enfant, mais un petit homme.

Tant bien que mal, le canot traçait sa route. La nuit était tombée, seule une lueur incandescente révélait la présence du pilote. Fumait-il pour cacher sa nervosité? Engoncé dans une veste molletonnée, dans le fond du bateau, Kuan Ti ne disait mot, lui non plus. Marco se demanda s'il avait peur.

— *Yu chuan*! cria soudain le pilote.

— Qu'est-ce qu'il dit? s'inquiéta Marco.

Les deux hommes échangèrent quelques mots. Kuan Ti eut un rire nerveux.

— Il y a un bateau de pêche juste devant.

La tondeuse passa la surmultipliée. Marco reçut un paquet de mer en pleine figure. Le pilote se leva brusquement, il brandit une lampe-tempête à bout de bras. Une corne de brume mugit à quelques encablures. Les pêcheurs les avaient vus. Une forme noire, surmontée de fanaux rouge et vert, déchira la brume. Elle passa à moins de dix mètres. Posté sur le pont, un bras tendu vers eux, menaçant, un homme hurlait. Le vent emporta ses vociférations.

— Pas besoin de traduire, je pense, commenta Kuan Ti.

— Non, je crois que j'ai compris l'idée.

Contre toute attente, la côte approchait rapidement. Quelques lumières flottaient sur la ligne d'horizon. Cette fichue tondeuse allait les emmener à bon port. Marco commença à se détendre. Les courants avaient perdu de leur force. Le pilote chinois dirigea sa barque vers une crique éclairée par la lumière falote d'un lampadaire. Encore quelques tours d'hélice et ils accostèrent le débarcadère. Kuan Ti descendit le premier, il arrima l'embarcation sur une bitte rouillée. Sans même attendre Marco, il partit à la conquête de la colline.

Les hiboux chinois n'ululaient pas de la même façon que les hiboux français. Les rapaces chinois poussaient des cris plus brefs et plus rauques. Marco aurait bien aimé aller plus loin dans ses considérations ornithologiques, mais Kuan Ti ne lui en laissa pas le loisir.

— C'est ici, chuchota-t-il.

Un bâtiment allongé apparut dans la pénombre. Une construction de métal et de béton, sans fenêtres, percée de deux portes de garage, suffisamment larges pour laisser entrer des poids lourds. Des massifs de cryptomérias les dissimulaient.

— Il n'y a personne, dit Kuan Ti. Pourtant, hier, j'ai vu deux gardiens devant l'entrée. Et des voisins m'ont raconté qu'ils voyaient souvent passer des camions. Une fois, ils ont demandé à l'un des chauffeurs où il allait. «Au port de Meishan», avait-il répondu. À mon avis, les conteneurs y sont transbordés sur des cargos géants.

— J'aimerais bien savoir ce qu'il y a dedans, marmonna Marco.

Kuan Ti tenta d'ouvrir la porte. Elle était fermée à clé.

— Qu'est-ce qu'on fait? On casse un carreau?

Marco n'eut pas le temps de répondre. Une lumière puissante l'éblouit soudain. Des mots fusèrent, rauques comme des aboiements. D'autres faisceaux jaillirent de l'obscurité. Ils étaient quatre, peut-être davantage.

— Ils demandent ce que nous faisons là, haleta Kuan Ti.

— Raconte-leur que nous nous sommes perdus.

Kuan Ti s'exécuta. La peur altérait sa voix. L'un des hommes s'avança vers lui. Sans un mot, il le gifla, puis il sortit un couteau qu'il appuya sur sa gorge. Marco leva les mains en signe d'apaisement.

— Dis-lui que nous voulions visiter l'entrepôt. Précise-leur que nous ne sommes pas des voleurs.

Les torches se portèrent sur Marco. L'un des hommes approcha de lui et le bouscula. Marco ne réagit pas. Surtout, éviter toute provocation.

— Ils veulent savoir qui nous sommes.

— Inutile de mentir, dis-leur la vérité.

Tandis que Kuan Ti parlait, Marco éprouvait un sentiment étrange : il ne maîtrisait rien. Sa liberté, et peut-être même sa vie, dépendait d'un homme qu'il connaissait à peine. Des mots mal choisis pouvaient entraîner leur perte. Pourvu que Kuan Ti ne panique pas.

— Il demande si tu es un ami de Zarov, dit-il soudain.

Qui était Zarov ? Marco n'en avait jamais entendu parler. Il fut tenté de dire oui, mais le bluff ne tiendrait pas longtemps, surtout si ce fameux Zarov était le propriétaire du lieu. Il valait mieux abattre ses cartes. Et tant pis s'ils se retrouvaient prisonniers.

— Réponds que je ne connais pas ce Zarov. Non ! Dis-leur juste que je ne suis pas son ami, mais que je suis à sa recherche.

— Tu es sûr ? insista Kuan Ti. S'ils travaillent pour lui, notre compte est bon.

— Fais ce que je te dis.

Leurs agresseurs tinrent un bref conciliabule. Par l'intonation, Marco tenta de deviner la tournure que prenait la discussion, mais il n'y parvint pas. Il dut attendre la traduction de Kuan Ti.

— Ils veulent savoir ce que tu lui veux.

— Je le soupçonne d'avoir kidnappé mon associé, c'est pour ça que je suis sur sa trace. Elle m'a amené jusqu'à cet entrepôt.

Nouvelle discussion. Marco sentit un flotte-ment. Il reprit espoir.

— Que se passe-t-il?

— Ils se demandent si tu n'essaies pas de les tromper, confirma Kuan Ti. J'ai l'impression que ce ne sont pas des hommes de Zarov.

À cet instant, celui qui avait frappé Kuan Ti donna un ordre bref. Quelqu'un attrapa Marco par le bras et l'entraîna vers la route.

— Ils nous emmènent dans leur repaire, cria Kuan Ti. Mieux vaut les suivre sans résister.

Marco n'en avait aucune envie. De toute façon, c'était ça ou remonter dans la tondeuse à gazon. Le choix était vite fait.

Marco et Kuan Ti furent poussés sans ménage-ment dans une maison en bambou. Une pauvre ampoule dénudée en éclairait l'entrée. Ils avaient parcouru un bon kilomètre à pied, sur un che-min pierreux, avant d'atteindre ce hameau accro-ché à la colline. En face, de l'autre côté du bras de mer, des milliers de petits points lumineux scintillaient dans la nuit. Le port de Ningbo. À l'intérieur de la hutte, les deux hommes durent s'asseoir à même le sol. Leurs geôliers parlèrent entre eux.

— Que disent-ils? souffla Marco.

Kuan Ti ne répondit pas. Il essayait de capter des bribes de discussion. Marco aurait donné cher pour comprendre ce qui se tramait. Il sentait juste que les échanges étaient moins vifs, comme si leur sort était déjà réglé. Mais était-ce une bonne nouvelle?

Le chef aboya un ordre. Les prisonniers durent se relever, tandis qu'il s'approchait d'eux pour leur parler. Kuan Ti l'écouta attentivement, puis il se tourna vers Marco, soulagé.

— Ils sont aussi à la recherche de Zarov. Il leur doit de l'argent. Beaucoup d'argent.

— Qui sont-ils? Des trafiquants?

Kuan Ti risqua la question. Leur chef répondit tout de suite, signe que la méfiance commençait à se dissiper.

— Oui. Zarov les avait contactés, alors qu'il cherchait des partenaires pour monter une filière clandestine. Il voulait importer de la nourriture à bas prix en Europe. À deux reprises, ils lui ont livré des palettes de conserves alimentaires, mais Zarov a brutalement rompu le contrat. Un désaccord sur le prix, d'après ce que j'ai compris. Le problème, c'est qu'il n'a pas payé la cargaison. Il y en avait pour 300 000 euros. Ils sont furieux. C'est pour ça qu'ils nous ont molestés, près de l'entrepôt. Ils pensaient que nous faisions partie du clan.

— C'était quoi, ces conserves?

La réponse fut brève et embarrassée.

— Il ne veut pas entrer dans les détails, répondit Kuan Ti. Il a juste parlé de « boîtes blanches ».

— De quoi?

— De boîtes blanches. C'est une pratique courante, ici. Tu vas voir un fabricant de boîtes de conserve, tu lui en commandes plusieurs milliers. Ensuite, tu achètes un stock de légumes, par exemple des cœurs de palmier, que tu paies à un prix très bas. Ils sont évidemment impropres à la consommation, mais il suffit de mettre un bon coup de monoxyde de carbone dessus et ça arrête le pourrissement. Une fois les boîtes serties, tu colles de fausses étiquettes. Mieux vaut choisir des marques connues, ça rassure les clients. Il y a déjà eu pas mal de scandales avec ces trafics de boîtes blanches notamment en Afrique noire et en Europe de l'Est. Des bébés ont été intoxiqués, d'autres sont morts à cause du botulisme.

— Écoute… Je préfère ne pas savoir ce qu'ils fabriquent. Demande-lui simplement s'il veut bien nous parler de Zarov.

Kuan Ti n'eut pas le temps de finir sa phrase. Le chef l'interrompit et claqua des doigts. Aussitôt, un homme fit irruption dans la cabane, une bouteille à la main.

— Il te souhaite la bienvenue. Il s'appelle Sum, traduisit Kuan Ti. «Les ennemis de mes ennemis sont mes amis», dit-il. Il veut bien te renseigner sur Zarov, mais d'abord il faut trinquer.

Il déboucha lui-même la bouteille et remplit des gobelets en plastique à ras bord.

— Qu'est-ce que c'est?

— Du *mijiu*, un alcool fabriqué à partir de riz gluant. C'est fort, à peu près vingt degrés, et ça se boit cul sec.

— T'as vu la dose qu'il m'a servie ?

— C'est parce qu'il t'apprécie ! Bois, tu n'as pas le choix.

— *Gan bei* ! s'exclama Sum.

— *Gan bei* ! crièrent ses hommes, à l'unisson.

— *Gan bei* ! À la vôtre ! dit Marco, en portant le breuvage à ses lèvres.

La sensation fut terrible. Une coulée d'acide en fusion. Un shoot de napalm. Un suicide à la térébenthine. Il aurait bien aimé crier, mais il n'avait plus de cordes vocales, elles avaient fondu.

— Ça va, Marco ?

Dans l'incapacité de parler, il hocha frénétiquement la tête. Il fallait garder contenance. Surtout, ne pas tousser. L'honneur de l'Occident était en jeu.

Marco reposa son verre. Sum le congratula et lui resservit aussitôt une seconde rasade. Marco respira un grand coup. Il avait l'impression qu'un alien était en train d'éclore dans son ventre.

— Il ne sait pas où est Zarov, mais il connaît quelqu'un qui peut t'aider, dit Kuan Ti. C'est un *business man*, il s'appelle Vinesh. Il possède une ferme piscicole, à une vingtaine de kilomètres d'ici. Pour y aller, il faut remonter vers le nord en direction de Shanghai.

Sum s'approcha de Marco et lui parla d'une voix un peu traînante. Le *mijiu* commençait à produire son effet.

— Si tu trouves Zarov, préviens-le, traduisit Kuan Ti. Il t'enverra deux de ses hommes. Ils lui troueront la peau.

— Je le ferai, promit Marco.

Sum claqua une nouvelle fois dans ses doigts. Une seconde bouteille fit son apparition.

— *Gan bei* ! hurla-t-il.

Marco serra les mâchoires. Il avait retrouvé la trace de Camille, mais il allait le payer cher. Il leva lentement son verre, résigné. Il avait l'impression d'être un kamikaze partant pour une mission suicide. À son tour, il cria *Gan bei*, bien que *Banzai* eût été plus approprié.

20

Vinesh n'était pas vraiment ce que l'on appelait un Chinois «classique». D'origine indienne, mat de peau, il avait des cheveux couleur cuivre et des yeux vairons. Cette particularité donnait à son regard une puissance trouble. Selon son humeur et l'intensité de la lumière, Vinesh paraissait sage ou roublard, pétillant d'intelligence ou violent. En réalité, ses yeux étaient à l'image de son caractère. Vinesh était un être changeant, capable des meilleurs sentiments comme des pires débordements. C'était du moins ce qu'affirmait Sum, qui le connaissait mieux que quiconque. Ils s'étaient rencontrés à l'école communale. Ils avaient dragué les mêmes filles et fumé les mêmes joints. Durant deux ans, ils avaient partagé la même cellule pour une sombre affaire de corruption. Aujourd'hui, l'un comme l'autre vivaient de trafics. Mais Vinesh avait beaucoup plus d'ambition que son copain Sum. Il possédait deux casinos, une dizaine de restaurants et quelques salons de massage, il avait investi dans un site internet thaïlandais qui vendait des produits dopants en ligne, principalement aux États-Unis. Enfin, il avait monté plusieurs exploitations piscicoles près de Ningbo. En quelques années, Vinesh était devenu l'un des plus gros éleveurs de saumons et de tilapias de la région. Au début, il s'était imaginé qu'il signerait des contrats mirifiques avec de grandes compagnies occidentales. Les dirigeants d'un groupe de surgelés français étaient même venus visiter l'un de ses sites de production. Deux jours durant, la délégation avait parcouru les bacs à poissons, avant de rendre un verdict sans appel : « conditions d'élevage infectes », « odeurs à la limite du supportable ». Humilié, Vinesh s'était juré de ne plus jamais renouveler l'expérience. Ces idiots d'industriels ne méritaient pas ses poissons. Il trouverait d'autres partenaires, moins frileux. Et moins pointilleux.

La rencontre avec Zarov, quelques semaines plus tôt, avait été déterminante. Les deux hommes s'étaient tout de suite mis d'accord : ils allaient faire un test. Vinesh enverrait quelques conteneurs en Europe. S'ils arrivaient à bon port, les deux hommes pourraient envisager d'aller plus loin. En réalité, Vinesh avait pris la place de Sum auprès de Zarov. Leur amitié n'en avait pas pris ombrage, mais Sum lui avait conseillé de se méfier de cet Ukrainien à la promesse facile. Vinesh ne l'avait pas écouté. Il avait expédié, par cargo, plusieurs conteneurs de poissons en Europe. Zarov les avait-il reçus? Il n'en savait rien, il n'avait aucune nouvelle.

Aussi commençait-il à soupçonner Zarov de l'avoir «doublé», comme il l'avait fait avec ce pauvre Sum.

C'est en jouant de cette inquiétude que Marco espérait obtenir son aide.

— Et même si je savais où est Zarov, pourquoi vous le dirai-je?

Vinesh parlait anglais. Tant mieux, Kuan Ti allait pouvoir prendre des vacances. Il était temps. Le jeune hacker était au bord de la syncope. Le *mijiu* lui avait été fatal. Ses paupières étaient gonflées, ses joues cramoisies. Curieusement, Marco avait plutôt mieux supporté l'épreuve. L'alcool et le décalage horaire s'étaient neutralisés. Assertion difficile à prouver sur le plan scientifique, mais c'était pourtant le cas. Marco se sentait en pleine forme.

— Zarov est un escroc, répondit-il à Vinesh. Il va vous trahir comme il l'a fait avec tous les autres.

— Qu'en savez-vous?

— Je connais certaines de ses victimes. J'ai peur que vous n'en allongiez bientôt la liste.

Marco bluffait à peine. Entre deux verres, Sum lui avait longuement parlé de Zarov. Il lui avait confirmé ce qu'il pressentait : Zarov était le «boss» de la société Kiev Import. C'était un être brutal, un mafieux sans foi ni loi, mais très prudent. Il changeait souvent de fournisseur et ne restait jamais longtemps au même endroit. N'avait-il pas vidé son entrepôt d'Orly en quelques heures ? Habile, Zarov créait des sociétés fantômes et laissait derrière lui des écrans de fumée. Lorsque l'on retrouvait sa trace, il disparaissait. Pour le coincer, il fallait anticiper ses mouvements. Connaître ses planques. Vinesh savait certainement où il se cachait.

— Je crains que vous n'ayez misé sur le bon cheval, dit encore Marco. Combien vous doit-il ?

Vinesh ne répondit pas.

— Savez-vous où il est ? insista Marco.

Vinesh resta silencieux, mais son regard bleu-marron le trahit. Marco sentit qu'il était prêt à basculer.

— Pourquoi tenez-vous absolument à le protéger ?

— Je ne vais pas trahir l'homme qui va m'ouvrir les portes du continent européen, finit-il par dire. Grâce à lui, je vais tripler ma production.

— À condition qu'il vous paie ce qu'il vous achète. Zarov est un homme volage, il ne reste jamais longtemps dans le même lit. Et il disparaît souvent avant d'avoir payé la facture.

— Il a besoin de moi.

— Ne serait-ce pas plutôt le contraire ? Il y a des centaines de producteurs de tilapias dans le coin. À l'inverse, les importateurs familiers du marché européen ne courent pas les rues. Il faut en connaître les arcanes, éviter les chausse-trappes et ne pas se faire coincer par des douaniers pointilleux. C'est un vrai savoir-faire, surtout lorsque l'on veut importer des produits qui ne sont pas aux normes.

— Mes poissons n'ont jamais tué personne, s'emporta Vinesh. Pour qui vous prenez-vous ? Je n'en peux plus de ces Occidentaux qui donnent des leçons à la terre entière, mais ne sont finalement pas mieux que les autres. Rappelez-moi d'où est partie la crise de la vache folle ?

Jamais Marco n'aurait dû s'engager sur ce terrain. Il était en train de braquer Vinesh, alors que celui-ci allait mordre à l'hameçon. Il fallait réagir. Vite.

— Et si, moi aussi, je vous aidais à conquérir le marché européen ?

— Vous ?

— C'est mon métier. Je conseille les industriels, j'interviens dans leurs usines et je les aide à trouver de nouveaux débouchés.

— J'ai déjà tenté de travailler avec des Français, c'est tout juste s'ils ne m'ont pas traité d'assassin. Je n'ai pas envie de renouveler l'expérience.

Marco tenta le tout pour le tout. Si Vinesh était proche de Zarov, il refuserait d'emblée sa proposition. Mais s'il cherchait simplement à gagner de l'argent, il pouvait l'accepter.

De sa réponse dépendait peut-être la vie de Camille.

— Laissez-moi visiter l'une de vos usines. Je vous dirai tout de suite ce que je peux faire. Je ne vous demande rien en échange, sinon de…

— …vous aider à trouver Zarov?

Marco soutint son regard.

— Oui.

Vinesh sortit un cigare de sa poche. Il était vert, de forme conique.

— C'est un *cheroot*, il vient de Birmanie. Ça vous tente?

Marco acquiesça. Il mit un temps infini à l'allumer, puis il dut tirer comme une brute sur la tige pour chauffer le tabac. Un mince filet de fumée s'échappa de son nez. Beaucoup d'efforts pour pas grand-chose.

— C'est d'accord, dit enfin Vinesh. Je vais vous emmener dans l'une de mes fermes. Mais attention, je ne veux pas de fausses promesses.

Marco le rassura. Il se demanda juste ce que Vinesh était prêt à entendre. Il allait falloir trouver les mots et éviter de l'énerver. Marco n'avait pas tellement envie de servir de quatre heures à des poissons-chats.

21

Des rizières à perte de vue. Un lavis de collines grises noyées dans la brume. Un ciel d'un bleu profond, très rare dans cette région habituée au *smog* urbain. Et au premier plan, d'immenses bassins ovales.

— Nous arrivons juste pour les voir manger, dit Vinesh, en claquant la porte de son 4X4.

Des machines dotées de bras articulées projetèrent des tonnes de grains dans les eaux noires. Des milliers de bouches affamées crevèrent la surface, provoquant d'énormes remous.

— Tilapias ? demanda Marco.

— Regardez-les frétiller, il y en a au moins dix mille, s'exclama Vinesh. Lorsqu'ils sont bien en chair, nous les capturons au filet. Ils sont découpés dans un atelier, à quelques kilomètres d'ici. Tous les villageois du coin travaillent pour moi. Je leur donne une poignée de yuans, tout le monde est content.

Il s'alluma un nouveau cigare.

— Le tilapia est un poisson béni des dieux, il n'y a pas plus rentable que cette bestiole. Elle vit dans des eaux froides, grossit très vite et se reproduit à la vitesse de l'éclair. J'en produis douze mille tonnes par an, et ça ne me coûte pratiquement rien.

— Qu'est-ce que vous leur donnez à manger?

— Le matin, du maïs et des fèves, ça les rend vigoureux. Et le reste du temps… Venez, je vais vous montrer.

Les deux hommes longèrent les étendues d'eau. Ils arrivèrent au pied d'un tertre. Un bâtiment tout en longueur en occupait le sommet.

— Ma porcherie, dit fièrement Vinesh.

Ils gravirent la pente et poussèrent la porte battante. Marco faillit défaillir, tellement l'odeur était pestilentielle. Des effluves d'ammoniac et de fumier lui brûlèrent les narines, lui arrachant des haut-le-cœur. Des centaines de porcs, qui n'avaient pas assez de place pour se tenir debout, se vautraient les uns sur les autres dans un concert de grognements et de couinements. La plupart étaient couverts d'excréments, d'autres, mordus par leurs congénères, étaient en sang.

— Regardez le sol, vous ne remarquez rien? cria Vinesh, en essayant de dominer le vacarme.

Marco chercha, vainement.

— Il est incliné. Et là, tout en bas, il y a une rigole, vous la voyez?

Marco répondit oui de la tête. Il n'avait pas envie d'ouvrir la bouche.

— Les déjections des porcs tombent dedans, expliqua Vinesh. Ensuite, elles sont évacuées dans une canalisation qui se déverse dans le bassin des poissons.

— Vous voulez dire que vos tilapias se nourrissent des déjections de porcs?

— Oui. C'est ingénieux, non?

— J'avoue qu'il fallait y penser... Est-ce que Zarov a vu tout ça?

— Oui, bien sûr, il est venu ici, lui aussi.

— Il vous a dit à qui il voulait vendre ces poissons?

— Il ciblait des groupes de restauration collective. Il disait que ça marcherait bien dans des cantines scolaires.

— Quelle bonne idée! C'est tellement important, le poisson, pour la croissance des enfants!

Fumier de Zarov. Prêt à tout pour gagner du fric, même à empoisonner des gamins. Marco eut soudain besoin d'air, il était sur le point de tourner de l'œil. Avant de battre en retraite, il posa une dernière question.

— Et ces porcs, vous les nourrissez comment?

De la tête, Vinesh montra un bac empli d'un liquide saumâtre, dans lequel flottaient des ordures, du papier hygiénique et des boîtes alimentaires usagées.

— C'est de l'eau grasse, je l'achète à un type qui possède un camion-citerne. Tous les soirs, il fait la tournée des restaurants de Ningbo pour récupérer les huiles de friture usagées. Il y ajoute des carcasses de porcs rejetées par les abattoirs et des têtes de poulets brisées en petits morceaux. Je lui en achète deux barils par semaine. J'en ai pour moins de deux mille yuans et ça suffit pour nourrir les bêtes.

— Elles ne tombent jamais malades ?

— Non, parce que je leur donne de l'urotropine tous les matins, c'est un antibiotique qui leur évite d'attraper des infections. Et un peu de formol, aussi. Ça sert de conservateur.

— Et les poissons, vous leur donnez quoi ? J'en vois quelques uns qui sont morts, là-bas. Ça ne provoque pas d'épidémies ?

— Chloramphénicol ! Une vraie tuerie, ce médicament. Deux bidons tous les dix jours. Avec ça, il ne peut rien leur arriver. Et ça m'évite de changer l'eau des bassins.

— Mais c'est un produit dangereux ! Il est interdit partout !

Vinesh rit nerveusement.

— Et alors ? Vous pensez que quelqu'un va venir me le reprocher ? Tout le monde l'utilise, ici, même ceux qui vendent leurs poissons aux Européens. On le trouve dans tous les supermarchés. Il est bien moins cher que les autres.

Son téléphone sonna. Quelques phrases brèves. Vinesh raccrocha.

— C'était mon associé. M. Li. Il rentre juste de Malaisie, il veut me voir. Je lui ai dit de passer dans une demi-heure. Ça nous laisse le temps de discuter.

Le moment tant redouté. Vinesh attendait le verdict de Marco. Qu'allait-il lui dire ? Dès qu'il avait vu l'état des bassins, Marco avait compris l'ampleur du problème. L'eau était opaque. Une odeur fétide flottait dans l'air. De l'huile frelatée jusqu'à l'atelier de découpe, qu'il ne voulait surtout pas visiter, tout était catastrophique. Rien que de songer à ces poissons gavés d'antibiotiques et d'immondices lui retournait l'estomac.

— Alors, qu'en pensez-vous ? s'impatienta Vinesh.

— Et si nous sortions d'abord ? proposa Marco.

De l'air pur. Il ne serait pas resté une minute de plus dans cette porcherie. Ils redescendirent jusqu'à la voiture. Kuan Ti sommeillait à l'ombre d'un arbuste. Marco profita de ce moment de répit pour réfléchir. Vinesh n'était pas un paysan mal dégrossi, mais un homme d'affaires. Il avait l'habitude de voyager – peut-être même connaissait-il l'Europe. Il fallait jouer franc-jeu avec lui. Être «cash». C'était risqué, mais bien moins que de le prendre pour un imbécile.

Il se lança.

— Vinesh, je vais vous parler comme je le ferai avec un client français, et tant pis si je vous froisse. Je pense que vous pourriez obtenir une licence d'exportation, mais le chemin sera long. Vous devrez revoir toute votre chaîne de production. De fond en comble.

Un long silence s'ensuivit. Vinesh mâchonna son cigare, qui s'était éteint depuis longtemps.

— Vous êtes en train de m'expliquer que mon usine n'est pas digne de nourrir les habitants de votre belle Europe, c'est bien ça? répondit-il sèchement.

— Je dis simplement qu'il faut changer certaines pratiques. Ça vous coûtera cher, mais vous aurez un très bon retour sur investissement.

Vinesh le dévisagea longuement, puis il plissa les yeux.

— J'apprécie votre démarche, dit-il. Vous m'avez dit ce que vous pensiez, au risque de me déplaire. Je prends cela comme une marque de respect.

Il se tourna vers les collines, comme s'il y cherchait une inspiration. Peut-être était-il né là-bas, dans un village.

— Je ne suis pas dupe, je sais parfaitement que cette exploitation ne respecte pas les normes internationales, poursuivit-il. À la fin de l'été dernier, des centaines de poissons sont morts subitement. Personne n'a cherché à savoir pourquoi. Ce n'était pourtant pas compliqué, il fallait juste oxygéner les bassins parce qu'il faisait trop chaud. Les tilapias étaient morts d'étouffement. Mais les ouvriers qui travaillent ici n'ont aucune éducation, ils n'y connaissent rien et à vrai dire, ils s'en moquent.

— Formez-les!

— Si je leur en demande trop, ils partiront chez le voisin. Et sans vergogne, en plus.

Fumiers d'ouvriers, incapables de satisfaire les impérieux besoins du grand capital. Pourquoi, Mao, n'as-tu pas laissé les intellectuels à la campagne? Rien de cela ne serait arrivé. Les tilapias seraient correctement traités et les rendements meilleurs.

Vinesh consulta sa montre.

— Je vais demander à mon adjoint de vous redescendre sur Ningbo, dit-il à Marco. Moi, je dois y aller. M. Li m'attend. Il déteste quand je suis en retard. Nous sommes associés depuis dix ans. Je ne sais rien de lui, mais c'est un génie du commerce. Il flaire les bonnes affaires. Là, il a trouvé une combine pour faire du miel.

— Du vrai miel?

— Oui. Enfin, on y ajoute quelques produits chimiques, aussi. Nous avons trouvé un moyen d'accélérer le temps de maturation. Pour gagner un peu d'argent, dans ce business, c'est indispensable. Il y a tellement de concurrence!

Incorrigible Vinesh. L'homme qui voulait aller plus vite que la nature. Pas sûr que Marco arrive à le convaincre de changer ses habitudes, mais il essaierait. Il s'y était engagé. Vinesh devina ses pensées.

— Dites-moi quand vous pourrez revenir ici, je me rendrai disponible, le temps qu'il faudra. Sans doute aurons-nous quelques discussions animées, des désaccords, mais je vous promets de jouer le jeu.

Il lui serra la main et la garda dans la sienne, comme pour donner davantage de poids à ce qu'il allait lui dire.

— Je pourrai m'y prendre autrement, vous savez. Il est si facile de tricher. Ici, les producteurs de poissons font ce qu'ils veulent. Vous voulez exporter des filets de saumon vers l'Europe? Il suffit d'emprunter la licence d'un copain. Vous lui offrez une caisse de champagne et c'est bon. De toute façon, tout le monde s'en fout, personne ne contrôle rien. Les services d'hygiène viennent rarement par ici. Quant aux Occidentaux qui nous achètent nos poissons, c'est bien simple, on ne les a jamais vus. Leur histoire de traçabilité, c'est une vaste fumisterie. Eux, ce qui les intéresse, c'est de baisser les coûts. Ils nous mettent toujours plus de pression et ne veulent surtout pas savoir comment nous nous arrangeons pour survivre. S'ils nous laissaient sortir la tête de l'eau, peut-être que nous donnerions moins de purin à nos poissons.

— Mais pourquoi voulez-vous changer les choses, alors? Continuez comme ça!

— Parce qu'un jour, il y aura une catastrophe. Des gamins mourront dans d'atroces souffrances dans une cantine de Rhénanie. Ou l'on déplorera une intoxication alimentaire mortelle dans une maison de retraite française. Tous les regards se tourneront vers ces «sales Chinois qui nous empoisonnent». Du jour au lendemain, plus personne n'achètera nos filets de tilapias et ce sera la ruine. Je voudrais éviter ça, même si ça doit me coûter un bras. Je peux me le permettre, mes casinos tournent bien, en ce moment. Et puis

servir d'exemple aux autres, c'est plutôt grati-
fiant, non?

Lorsque Marco récupéra enfin sa main, il y
trouva un papier, plié dans sa paume. Et dessus,
un numéro de téléphone.

— Personne ne connaît son vrai nom. On l'appelle Smugg, comme l'abréviation de *smuggler*.
C'est un trafiquant turc. Sa spécialité, c'est le
migrant. Afghans, Pakistanais, Syriens... Il les
héberge dans une cave, à Istanbul, et les fait passer en Europe par les îles grecques. Il «fait» du
conteneur, aussi. Allez le voir de ma part. Mais je
vous préviens, il ne parle pas anglais. Seulement
turc et russe.

— Il connaît Zarov?

— Forcément, c'est lui qui s'est occupé de la
marchandise que j'ai livrée à Zarov. Il l'a récep-
tionnée à Istanbul, puis il l'a transbordée sur
un navire qui fait du cabotage jusqu'à Odessa.
C'est là que vous le trouverez. C'est là que tout
se passe.

— Merci, Vinesh. À bientôt. Du moins je l'espère.

— Faites attention à vous. Vous ne savez pas
où vous mettez les pieds. Ces clans sont très bien
organisés, vous risquez de vous faire repérer très
vite.

— Je voudrais parler à ce Smugg. Savoir s'il a
vu mon ami et s'il sait qui le retient prisonnier.
Après, ce ne sera plus de mon ressort.

Derrière lui, Kuan Ti bougea. Son grand corps
roula dans l'herbe. Il ouvrit des yeux hagards et

mit un certain temps à comprendre ce qu'il faisait dans ce champ.

— Je crois que votre ami s'est réveillé. Adieu!
lança Vinesh, tout en claquant des doigts.

Aussitôt, l'un de ses hommes vint à leur rencontre et les invita à le suivre. Tandis qu'ils marchaient vers la voiture, ils passèrent devant un
champ que les usages avaient transformé en
dépotoir. Bidons rouillés, carcasses de porcs, eau
croupie. Le spectacle était peu ragoûtant. Marco
prit une photo avec son téléphone. Il se promit de
l'envoyer à tous ces consultants qui s'employaient
à convaincre les industriels de l'agroalimentaire
de délocaliser leurs activités en Chine, «la nouvelle cuisine du monde». Marco avait déjà trouvé
la légende pour sa photo : «Et en voici l'arrière-
cuisine.»

22

Un tapis de lumière avait été étendu sur la baie. C'était une féérie de néons, une débauche de lux qui se perdait dans le lointain, formant un halo brillant sur l'horizon. Posté derrière la fenêtre, dans la salle à manger de Kuan Ti, Marco regardait, fasciné, cette mégapole en train de s'ébrouer. Pour sentir les pulsations d'un port, il fallait attendre la nuit. Un instant, il eut envie de se perdre dans cette masse humaine, mais il y renonça. Il était épuisé. Il alla chercher une bière. Avachi dans sa chambre minuscule, Kuan Ti dormait tout son saoul. La journée avait été longue pour le hacker, qui n'avait guère l'habitude de passer ses nuits sur une coquille de noix ou d'affronter des trafiquants de poissons.

L'après-midi avait pourtant été plus calme. Kuan Ti avait conduit Marco sur le port et lui avait présenté Shan, l'un de ses cousins qui travaillait à la capitainerie. Très serviable, le jeune homme leur avait montré les docks. Ils avaient assisté au ballet des grues rouges et blanches, qui charriaient des conteneurs dans une noria sans fin. Puis Shan les avait emmenés dans le bâtiment des douanes, où deux agents leur avaient montré leur travail. Les caissons métalliques défilaient à une vitesse affolante sur les écrans. Les douaniers avaient trois secondes pour décider – ou non – d'ouvrir une «boîte», avant qu'elle ne parte sur un cargo. Vive la mondialisation. Plus les échanges s'intensifiaient, plus il était facile de passer inaperçu. Shan n'avait donné qu'un chiffre : seuls trois conteneurs sur cent faisaient l'objet d'un contrôle dans le monde. Pour un mafieux, c'était *open bar*; il pouvait transporter ce qu'il voulait à l'autre bout de la planète, même un char d'assaut, le risque de se faire prendre était quasi nul.

Le téléphone de Marco vibra. Un numéro français, indicatif 04. Mais qui connaissait-il dans le Sud-Est?

— Marco? C'est ta mère. Pourquoi tu ne me réponds plus?

— Mais… Quand m'as-tu appelé?

— Ce matin. Deux fois.

— J'avais éteint mon téléphone. Je suis à l'étranger.

— Et alors? Ce n'est pas une raison pour m'ignorer.

— Non, bien sûr, mais…

— Tu as tellement changé, mon enfant. Quand je pense à tout ce que…

— …tu as fait pour moi? Je sais, oui. Turenne me l'a encore rappelé récemment, tu as été une mère exemplaire.

Il fallait l'arrêter avant qu'elle ne se lance et ne déverse son agressivité. Cette fois, il avait trouvé la parade. Le nom de Turenne la calma instantanément.

— Tu as vu Turenne ? Pourquoi ?

— Je travaille pour lui, tu ne te souviens pas ?

— Si, c'est vrai, tu me l'avais dit. J'espère que tu te tiens bien et que tu ne lui causes pas de soucis.

Toujours ce ton culpabilisant. Ce devoir de gratitude, dont il devrait s'acquitter *ad vitam œternam*. Sa mère avait gravé cette injonction au fer rouge dans sa conscience : «Dis merci à Turenne, mon garçon, c'est grâce à lui que tu ne vis pas sous un pont.»

Merci, monsieur Turenne.

— Ne t'inquiète pas, je ne l'ai pas mordu. Dis, au fait, tu ne m'avais jamais dit que papa avait travaillé dans sa société.

Sa mère ne répondit pas.

— Tu sais combien de temps il y est resté ?

— Il faudrait que je réfléchisse, c'est vieux, tout ça. Nous en parlerons un autre jour, si tu veux bien. C'est l'heure de mes soins, je dois te laisser.

— Oui, bien sûr. Je viendrai te voir en rentrant, je te le promets.

— Fais les choses, ne les promets pas. Toute ma vie, j'ai été abreuvée de promesses. Elles ne se réalisent jamais.

Marco chercha en vain une réponse intelligente, mais il fut sauvé par un double appel. Il prit congé de sa mère, un peu précipitamment. Ou plus exactement, il raccrocha avant qu'elle ne lui décoche une flèche empoisonnée. Décidément, leur relation ne s'arrangeait pas. De quoi lui en voulait sa mère ? De ressembler à son père ? De lui rappeler une époque douloureuse ? Plusieurs fois, il avait essayé d'aborder le sujet avec elle, mais c'était peine perdue. Elle s'enfermait dans un silence renfrogné et ne revenait vers lui qu'après plusieurs semaines de mutisme. Alors, pour éviter ces bouderies et, surtout, pour ne pas passer le reste de sa vie sur un divan, Marco avait décidé de ne plus y prêter attention. Mais parfois, c'était dur.

— Marco ?

C'était Lena. Marco resta muet. Il passa par toute une gamme d'émotions.

L'étonnement, en entendant sa voix chaude.

Le trouble.

L'étonnement, de nouveau, en découvrant qu'il était troublé.

— Tu es toujours chez moi ? dit-il platement.

— Oui. Je m'y plais bien. J'ai acheté des fleurs, mais je n'ai pas trouvé de vase. C'est vraiment une maison de mec. Alors je les ai mises dans le seau à champagne.

— Tu as bien fait. Quel genre de fleurs ?

— Des tulipes.

— J'aime bien, moi aussi. J'espère qu'elles tiendront jusqu'à mon retour.

Était-ce vraiment lui qui parlait ? Il aurait dû s'enregistrer : il y a bien longtemps qu'il n'avait tenu des propos aussi lénifiants. Quand il était tombé amoureux de Kristel, peut-être.

Mais la situation n'avait rien à voir. Il devait garder ses distances. Lena était une prostituée. Et il n'avait pas du tout l'intention de tourner la version bulgare de *Pretty Woman*.

— Comment ça se passe ? lui demanda-t-elle.

— J'ai eu raison de venir. J'ai appris l'existence d'un homme qui pourrait bien être le cerveau du gang – à supposer qu'il ait un cerveau. Un certain Zarov.

— Et Camille ? demanda-t-elle, après un temps de silence.

— Aucune trace. Je ne pense pas qu'il soit venu jusqu'ici. D'après moi, il est à Odessa.

— Que comptes-tu faire ?

— J'ai récupéré les coordonnées d'un trafiquant qui travaille avec ce fameux Zarov. Je pars demain pour Odessa. Je viens juste de réserver mon billet. Je veux le voir.

— Laisse-moi te rejoindre. Je n'en peux plus de rester ici.

— Non, pas question.

— Je connais bien l'Ukraine, j'y suis allée plusieurs fois.

— C'est trop dangereux.

— Mais que veux-tu faire ? T'attaquer à la mafia ukrainienne ? Tu n'es pas invincible, Marco. Contente-toi de rencontrer ce type et de le questionner sur Camille. S'il l'a vu, tu devras appeler la police, même si tu n'en as pas envie.

— C'est exactement ce que je compte faire.

— Alors je ne vois pas ce qui m'empêcherait de te rejoindre. Il parle anglais, ton trafiquant ?

— Non. Russe et turc.

— Tu auras besoin d'un traducteur. Je parle russe, tu sais. Et en plus, ce sera gratuit! Marco, s'il te plaît...

Il ne devait pas dire oui. C'était une bêtise! Il le regretterait.

— D'accord, viens, s'entendit-il répondre. Mais tu resteras en retrait. À la moindre incartade, je te vire.

Le cri qu'elle poussa lui déchira l'oreille.

Il n'aurait pas dû dire oui. C'était une bêtise. Il le regrettait déjà.

«Pour l'apéro, j'ai prévu quelques amuse-bouches. Des toasts de caviar parfumé à l'urotropine. Idéal pour accompagner du champagne contrefait. Ne vous gavez pas de cacahuètes, elles peuvent contenir des traces d'aflatoxine, un champignon cancérigène. Tout le monde ne le supporte pas. En entrée, j'ai fait simple : une bonne terrine de porc nourri au clenbuterol, anabolisant bien connu des culturistes. Régalez-vous, ce n'est pas tous les jours que vous mangerez du cochon bodybuildé. Ensuite, un classique : méli-mélo de poissons – tilapia aux antibios et saumon aux œstrogènes. Plus besoin de prendre la pilule, mesdames. J'ai failli pencher pour un poulet aux nitrites, mais je me suis dit que ce serait un peu lourd. Le HNO2 se digère mal. Que dites-vous de ma sauce, élaborée à partir de tomates rouge Soudan et de tofu au plâtre? Si c'est trop fade, voici du bon poivre de Chine, qui doit davantage sa belle couleur brune à la rhodamine B qu'au bon air du Sichuan. Il fallait un dessert léger, après un festin aussi mortel. Voici des pastèques du Jiangsu. Elles sont fraîches, elles viennent d'être cueillies, mais attention, elles sont explosives. Cette particularité, qui égaiera la soirée et ravira les convives, est due au forchlorfénuron, un accélérateur de croissance dont les effets collatéraux sont, malheureusement, assez mal maitrisés. Peu importe : un petit digestif au méthanol pour vous remettre de ces émotions et vous vous sentirez comme neuf ! »

Dans la voiture qui l'emmenait à l'aéroport, Marco riait tout seul. Il imaginait une maîtresse de maison, partie dans un tel monologue, lors d'un dîner guindé. Un cinéaste s'en serait délecté.

— Pourquoi te marres-tu comme ça ? demanda Kuan Ti.

— Je pense à la stupidité du système. D'un côté, des groupes agroalimentaires qui vont jusqu'en Chine se fournir en poisson, en bidoche, en fruits et *tutti quanti*, tout ça pour payer leurs produits toujours moins cher. Et de l'autre, des Chinois qui ont tellement peu confiance dans leurs industriels qu'ils importent de plus en plus leur nourriture de l'étranger. Le porc vient des États-Unis, le lait d'Europe…

— Tout ça parce que nos bébés ne supportent pas le lait à la mélamine, s'esclaffa Kuan Ti. Ce sont vraiment de petites natures. Pourtant, c'est bien, la mélamine. Ça remplace les protéines, ça sert à faire de la colle, des engrais. Sans la mélamine, des millions de foyers n'auraient jamais eu de cuisine en Formica.

— C'est vrai, ça. Tant d'histoire pour quelques morts…

— Et cinquante mille bébés hospitalisés, maugréa Kuan Ti, soudain sérieux. Tout ça, parce que des enfoirés de politiciens corrompus ont voulu s'enrichir sur le dos de la population.

La forme élancée de l'aéroport apparut au loin. La voiture s'engagea sur une bretelle circulaire.

— Pour ton premier voyage en Chine, c'était un peu court, déplora Kuan Ti. Reviens quand toute cette histoire sera finie, je t'emmènerai à Shanghai. Tu adoreras, j'en suis sûr.

— Moi aussi.

Le pot de yaourt se gara entre deux limousines. Ils se serrèrent chaleureusement la main.

— *Zaijian*, Kuan Ti.

— *Zaijian* ! Tu peux dire à Lim qu'il peut être fier de ses amis.

Il démarra sans attendre la réponse. Marco s'engouffra dans l'aéroport. Kuan Ti avait raison, c'était un voyage éclair. Il n'avait pas passé quarante-huit heures sur place. Il en repartait avec un espoir très ténu, plié en deux dans son portefeuille. Un numéro de téléphone griffonné sur un papier. Celui d'un trafiquant dont il ne connaissait rien, mais qui tenait peut-être le destin de son ami entre ses mains.

23

La porte s'ouvrit brusquement, tirant Camille de son sommeil. Zarov entra dans la cellule. Il tenait un sac en papier.

— Je vous ai apporté des pommes. Je ne suis pas sûr que vous en ayez mangé beaucoup ces derniers jours.

Camille se dressa sur un coude. Son corps était engourdi, mais il se sentait étonnamment lucide.

— C'est le problème de la pension complète, on ne mange jamais à sa guise, répondit-il, l'air infatué. Je dois d'ailleurs vous signaler que votre cuisinier déserte parfois ses fourneaux. Hier soir, par exemple, je n'ai rien mangé. C'est absolument scandaleux.

Zarov ne cilla pas. Il semblait préoccupé, ce qui expliquait certainement cette irruption brutale, avant même que le jour ne se lève.

— Camille, nous sommes dans une impasse, tous les deux. Je pourrais en finir avec vous. Je vous avoue que l'idée m'est passée plusieurs fois par la tête. Mais qu'est-ce que cela change-rait? J'ai vu la mort de près. J'ai même été flin-gué à bout portant. Peut-être est-ce le début de la sagesse, mais je suis las de cette violence. Je suis venu vous donner une chance.

Camille le regarda, amusé. Il n'avait jamais vu d'acteur jouer aussi faux.

— Qu'est-ce qui vous prend, Zarov? Un petit moment de faiblesse? Reprenez-vous, je vais m'inquiéter.

— À votre place, je ne plaisanterais pas. Je ne viendrai pas deux fois.

Il inspira profondément.

— Je vais jouer carte sur table. Je suis sur le point d'obtenir le label bio. Il va m'ouvrir les portes du marché français. Grâce à lui, je vais tra-vailler pour de grands groupes agroalimentaires. En tout premier lieu, les établissements Monchal, que vous connaissez bien.

D'abord incrédule, Camille ne réagit pas. Puis il écarquilla les yeux et se mit à rire, de plus en plus franchement. Zarov le foudroya du regard, ce qui déclencha une nouvelle crise d'hilarité.

— Excusez-moi, c'est... c'est nerveux, bredouilla-t-il, en essuyant les larmes qui coulaient sur ses joues. Vous, faire du bio? Après tout ce que vous m'avez raconté?

— Vous êtes vraiment désespérant, monsieur Dupreux.

Il s'approcha de son prisonnier et lui envoya son poing dans les côtes. Une frappe lourde, très appuyée, destinée à entrer profond et à faire mal. Un sale coup, chargé de haine et de rancœur. Camille se plia en deux, le souffle coupé. Incapable de respirer, il s'écroula sur le sol. Zarov jeta des feuilles sur le lit.

— Voici notre dossier, prenez le temps de le lire. Visites de sites, tests en labo, certificats douaniers, lettres de référence, tout y est. Sur le papier, il n'y a pas plus vertueux que la société Kiev Import. Et ce n'est pas moi qui le dis, c'est un cabinet indépendant français, dont personne ne peut douter de la probité. Vous le connaissez, je crois…

Camille se redressa lentement. La douleur était toujours aussi forte, mais il parvint à s'emparer du dossier. Il parcourut la page de garde. Ce fut comme s'il recevait un second coup, encore plus violent. Papier à en-tête, tampons officiels, tout était libellé au nom de TracFood. Sa société.

— Surpris ? À mon tour de rire, monsieur Dupreux. Voyez-vous, il n'y avait qu'un moyen d'investir le marché français : se servir d'une société qui a pignon sur rue. Malgré elle, bien sûr.

— Comment avez-vous fait ?

— Oh, pas moi ! J'en aurais été bien incapable. Non, Camille, il fallait quelqu'un qui s'y connaisse. Quelqu'un qui ait accès aux dossiers.

— Andréa.

Zarov applaudit bruyamment. Un mauvais sourire entrouvrit ses lèvres.

— Un bon garçon, cet Andréa. Et talentueux, avec ça. Il n'a mis que deux mois à produire ce document. Du grand art. J'aime beaucoup le chapitre sur les tests. Et celui sur les «visites surprises», aussi. Tout est inventé, et pourtant, en lisant le compte-rendu, on a l'impression que les fins limiers de la société TracFood ont inspecté nos entrepôts de fond en comble! Il aurait pu être romancier, ce jeune homme. Quel dommage qu'il ait été aussi cupide.

— Que lui avez-vous fait?

— De fidèles amis m'ont rapporté qu'il avait très mal supporté de vous trahir. Même pour vingt mille euros. L'argent ne fait pas le bonheur, n'est-ce-pas? Il semblerait que la concierge de l'immeuble l'ait trouvé chez lui, pendu à une poutre.

— Vous êtes vraiment une ordure.

— Camille, je vous en prie. Ne me dites pas que cette nouvelle vous plonge dans l'affliction. Si vous croupissez dans cette cellule, c'est à cause de lui. Comment avions-nous appris votre venue? Qui nous avait transmis vos horaires de vol? Grâce à lui, nous étions à l'aéroport pour vous cueillir. Nous avions réservé une chambre au même hôtel. Nous vous suivions à la trace. Ne le regrettez pas. Nous n'aurions jamais été à l'entrepôt sans le concours d'Andréa.

Camille se massa le ventre. Le jour se levait à peine, mais il se sentait déjà épuisé.

— Vous ne m'avez toujours pas dit ce que vous attendiez de moi.

— Malgré notre insistance, cet abruti n'a pas voulu aller au bout du chemin. Nous avons besoin de quelqu'un pour nous aider. À qui faut-il remettre ce fichu dossier ? Comment s'y retrouver dans ce labyrinthe administratif ? Vous savez comme moi qu'il y a des raccourcis à prendre. Des leviers qui permettent d'accélérer la procédure. Des personnes mieux attentionnées que d'autres. Dites-moi comment faire.

— Et vous me libérerez, bien sûr.

— Dans quelques mois. Une société comme Kiev Import n'a pas vocation à durer. Mon but est de gagner le plus d'argent possible avant que les services de fraude ne remontent la piste. Lorsque les plaintes se multiplieront et que l'on se rendra compte que mes produits sont pourris, je mettrai Kiev Import en faillite et je recommencerai ailleurs, sous un autre nom. Allemagne, Espagne, Danemark ? Tournez manège ! L'avantage, c'est que l'on a toujours un coup d'avance. En plus, tout le monde s'en moque, des trafics alimentaires. Aujourd'hui, si vous n'êtes pas pédophile, braqueur de banques ou djihadiste, vous êtes tranquille, vous ne faites pas partie des « priorités ». L'un de mes anciens lieutenants s'est fait coffrer en Italie, alors qu'il fabriquait du faux champagne. Quatorze mille bouteilles, toutes vendues en quelques jours ! Un bon bénef, vous pouvez me croire. Vous savez combien il a pris ? Quinze mois et mille euros d'amende. Trois semaines plus tard, il était libre, parce qu'il n'y avait plus de place en taule et que cette histoire de fausses bulles avait fait marrer les magistrats. Alors vous voyez, Camille, inutile d'en faire trop. Vous n'allez quand même pas crever pour des poulets avariés et du faux bouillon cube?

— Allez au diable.

— Très bien. Vous le regretterez. À partir de maintenant, vous n'aurez plus d'eau. Plus de nourriture. Et plus de couverture. Nous verrons combien de temps vous mettrez pour changer d'avis. Vous me supplierez à genoux, Camille. J'espère pour vous qu'à ce moment-là je serai bien disposé. Sinon je vous laisserai crever la gueule ouverte.

Il fit un pas vers la porte, se ravisa.

— Je reprends mes fruits, vous ne m'en voudrez pas?

Il referma la porte à double tour.

— Gardez-les, vos pommes, hurla Camille. De toute façon, elles sont gavées de pesticides!

Camille s'effondra sur son lit. Des larmes coulèrent sur ses joues. Il ne fit rien pour les retenir.

24

Kiev. Longtemps, le nom n'avait pas signifié grand-chose au jeune Marco. Un club de foot – le Dynamo. Une ville lointaine sur une carte, au sud de Tchernobyl. Et puis il y a eu Maïdan. « La place », en ukrainien. Le symbole de la révolte populaire. Durant l'hiver 2013, Marco avait passé des nuits entières sur internet à suivre les événements. Il se repassait les images en boucle, découpait toutes les photos qu'il trouvait. Rarement révolution n'avait été aussi photogénique. Les barricades en feu, les visages ensanglantés, les *babouchkas* qui préparaient les cocktails Molotov, les manifes-tants harnachés dans leurs armures de fortune, avec protège-tibias, masses d'armes et boucliers découpés dans des planches de bois. Face à eux, les rangées de policiers, hiératiques dans le froid glacial. Mad Max contre Robocop.

Maïdan, c'était la révolution romantique. Un mouvement sans visage, un esprit qui ne se laissait pas enfermer. Un vent de liberté s'était levé, il balayait les rues enneigées, s'engouffrait sous les tentes des insurgés, soufflait sur les braises des braseros. Aucun sniper ne parviendrait à l'arrêter.

Dernier appel pour les voyageurs en partance pour Odessa. À regrets, Marco tendit son billet à l'hôtesse. Il aurait bien aimé passer quelques jours dans la capitale ukrainienne et capter cette énergie qui avait été capable de chasser un tyran du pouvoir.

Vibration dans sa poche. Il sortit son téléphone. Lena.

— Tu es où, Marco ?

— À Kiev. J'embarque pour Odessa. Et toi ?

— J'y suis déjà. J'ai réservé une chambre, tu vas adorer ! Je t'envoie l'adresse par mail. C'est un petit hôtel, pas loin de l'escalier Potemkine, tu sais, celui que l'on voit dans le film d'Eisenstein. On a une chambre qui donne sur le port. Et un mignon petit balcon.

Marco monta dans l'avion, le combiné vissé sur l'oreille. L'enthousiasme de Lena lui faisait du bien, après la nouvelle nuit d'avion qu'il venait d'endurer. Il était carbonisé.

— Et Smugg, tu as pu l'appeler ?

— Oui, il peut nous voir ce soir.

— Il n'a pas posé trop de questions ?

— Si. Il ne comprenait pas qui nous étions. Il a refusé plusieurs fois, mais j'ai insisté. Il n'aura pas beaucoup de temps, car il part cette nuit pour Istanbul.

— Très bien. Attends-moi à l'hôtel, je suis là dans deux heures.

Un steward lui fit signe de raccrocher. Marco boucla sa ceinture. Il se cala dans son fauteuil pour dormir. Les moments de repos avaient été plutôt rares, ces derniers jours. Il n'allait pas rater celui-là.

Marco n'eut pas le temps de descendre du taxi. Lena se jeta à son cou et le serra à lui briser la nuque. Un baiser au coin des lèvres, à peine appuyé, une sorte d'entre-deux ambigu, une pente glissante qui pouvait les emmener loin. Mais Marco n'était pas vraiment en état de nuire. Étourdi de sommeil, il traversa le hall de l'hôtel Serguëi dans un état second. Lena lui parlait, mais ses paroles n'atteignaient pas son cerveau. Il était étanche. La sieste dans l'avion n'avait pas suffi, il devait dormir quelques heures. Remonter son horloge biologique qui était restée à l'heure chinoise. Lena glissa la clé dans la serrure de la chambre.

— Il y a juste un petit problème, murmura-t-elle, tout en s'effaçant pour le laisser entrer.

— Quoi donc ? marmonna-t-il.

— Il n'y avait que des lits double. Je peux prendre une autre chambre, si tu veux. Je ne voudrais pas que tu croies…

— Ça ira comme ça, articula-t-il difficilement.

Il balança sa veste sur une chaise, retira son pull, une chaussure, s'énerva sur l'autre tandis que Lena se précipitait pour retirer le dessus de lit. Sans plus attendre, il s'enfonça dans l'édredon moelleux en poussant un cri de bonheur. Dix secondes plus tard, il ronflait. «Décidément, c'est une habitude», se dit-elle. Sa position était tellement comique qu'elle se mit à rire : allongé sur le ventre, les pieds tournés vers l'intérieur et les bras en croix. Très aérodynamique. Elle sortit son téléphone et le prit en photo sous toutes les coutures. Avec un tel dossier, elle aurait les moyens de le faire chanter.

Un lustre rococo. Des fenêtres tout en hauteur. Des rideaux bourgeois. Une bonnetière bancale. Au mur, une marine. «Sur les flots je t'imagine, Potemkine», fredonna Marco en s'étirant. Quelle heure était-il? Il ne se souvenait de rien. Toc-toc contre la fenêtre. Lena était sur le balcon, elle lui sourit à travers la vitre. Marco se leva pour la rejoindre. Pourquoi avait-il gardé une chaussure?

— J'allais te réveiller, lui dit-elle. Il est presque six heures. Regarde, le soleil se noie dans le port, on dirait un jaune d'œuf qui se dilue dans l'horizon.

Marco contempla la baie qui s'étirait à perte de vue vers l'embouchure du Dniestr, au sud-ouest de la ville.

— J'adore cette ville, surtout à cette saison, poursuivit Lena. Tout est en fleurs, les érables sont écarlates. J'espère qu'on aura le temps de faire un tour, il faut absolument que tu voies le vieux quartier. Tu sais comment ils pavaient les rues, il y a deux cents ans ?

Marco haussa les sourcils en signe d'ignorance.

— Avec des blocs de lave qu'ils allaient chercher sur les flancs du Vésuve.

Une belle lumière safranée illuminait le port. Derrière, dans le brouillard, les crackers d'une raffinerie formaient une scorie dans ce paysage idyllique.

— Quand voyons-nous Smugg ? Et où ? demanda-t-il.

— Ce soir, au « 7 ».

— Au quoi ?

— *Sedmoï.* C'est un immense marché, situé à sept kilomètres d'Odessa. On y trouve de tout : des vêtements, de l'électroménager, de l'alcool... Il y a beaucoup de Chinois, mais aussi des Africains, des Turcs, des Perses. C'est un lieu incroyable, tout ce que l'Europe compte de trafiquants vient s'y fournir en faux sacs à main et en contrefaçons *made in China.*

— C'est grand ?

— Une vraie ville ! Des milliers de conteneurs sont empilés les uns sur les autres. Les rues sont indiquées par des couleurs, il y a des places, des entrepôts, quelques bâtiments en dur. Je n'ai jamais vu pareil endroit ailleurs.

— Et on va réussir à le retrouver dans ce fatras ?

— Ne t'inquiète pas pour ça. Prépare-toi, plutôt. Il faut qu'on parte dans vingt minutes, ça te laisse juste le temps de prendre une douche. Moi, je descends, je vais appeler un taxi. Retrouve-moi en bas.

Sur ces mots, elle s'en alla. Marco resta sur le balcon, un peu médusé par ce ton comminatoire. Oubliée, la jeune femme désemparée qui dormait en chien de fusil sur son canapé. Lena avait repris du poil de la bête et révélait un caractère trempé. Par moments, elle lui rappelait Kristel. Il se demanda s'il devait s'en inquiéter. Il ne s'était toujours pas remis de Charybde, et Lena rimait un peu trop avec Scylla.

Le taxi filait sur une large avenue bordée de façades aux tons pastel. Styles baroque, renaissance et néo-classique se mêlaient dans une débauche de colonnades et de frontons sculptés. Un tramway sans âge surgit d'une avenue flanquée d'acacias couleur citron.

— Là-bas, c'est le boulevard Frantsuzsky. Tu sais que l'on parlait français, au dix-neuvième siècle ? Selon les époques, on surnommait Odessa le « petit Paris » ou la « Marseille de l'Est ». Odessa n'est pas ukrainienne, elle n'a jamais été soviétique et ne sera pas davantage européenne. C'est une cabocharde, elle ne se laisse pas dominer. Un peu comme moi.

Marco leva les yeux au ciel. Cette fille n'avait vraiment peur de rien. Elle n'était pas « comme » Kristel, elle était pire. Lorsqu'ils rentreraient à l'hôtel, il serait encore temps de prendre une seconde chambre. Il se promit d'y réfléchir.

Le « 7 » n'avait effectivement pas d'équivalent au monde. La description qu'en avait faite Lena était en dessous de la réalité. Plus de cinquante mille personnes travaillaient dans cette ruche. Depuis qu'ils y étaient entrés, Lena et Marco s'étaient déjà perdus dix fois dans ces allées de conteneurs aménagés en boutiques. Partout, c'était la cohue. Des vendeurs haranguaient les passants. Marco buta contre un vieil homme, chicot coincé entre les lèvres, qui poussait devant lui un diable chargé de sacs griffés. Bienvenue dans le grand bazar du faux. Lena fut aspergée de parfum de contrebande, tandis qu'un jeune Indien fourgua à Marco une robe de mariée. Acrylique et mousseline, garanti anti-allergie et jolie ristourne s'il payait en dollars. Ils eurent toutes les peines du monde à s'en débarrasser.

Enfin, Lena tomba sur la rue Rose. Ils trouvèrent Smugg devant une échoppe peuplée de mannequins de magasin. Bustes athlétiques, corps d'enfants, femmes de plastique aux courbes affriolantes, et une belle collection de gambettes plantées sur des supports métalliques.

L'homme les regarda approcher. Son visage n'avait rien d'avenant : sec, nerveux, des yeux noirs effilés et des cheveux raides. Une estafilade blanche partait de son oreille gauche pour se perdre dans le cou. Il tira nerveusement sur sa veste anthracite – une grande marque, à en juger par la coupe. Sans un mot, il entra dans le conteneur, où d'autres mannequins étaient empilés.

Des milliers de cintres étaient accrochés sur des tringles métalliques. Smugg les emmena tout au fond, derrière un rideau en toile cirée. Là, il prit place entre deux blondes aux jambes croisées. Leur visage dessiné au pinceau les rendait plus vraies que nature.

— Dis-lui qui nous sommes et ce que nous cherchons, dit Marco sans ambages. Et surtout rassure-le. Personne ne saura qu'il nous a parlé.

À peine Lena eut-elle commencé que Smugg. Une voix métallique, très dure.

— La moitié du « 7 » est déjà au courant de notre visite. On ne voit que nous, traduisit Lena.

— Raison de plus pour aller vite. Parle-lui de Camille. Dis-lui que je ne suis pas un flic, mais que je veux juste retrouver mon ami. Est-ce qu'il l'a vu ?

Lena parla longtemps. Smugg l'écoutait à peine. Il tripota son téléphone, joua avec sa montre en or. Sa réponse fut brève. Lena se tourna vers Marco, décomposée.

— Il n'en a jamais entendu parler.

— Attends, je vais lui montrer une photo, intervint Marco.

Smugg eut un mouvement d'humeur.

— Ce n'est pas la peine, il n'a rien à ajouter et il doit partir, il prend un avion dans moins de deux heures.

Marco était accablé. Tant d'efforts pour finir dans ce bric-à-brac minable qui puait le plastique et la magouille. Ce petit truand savait des choses, il en était convaincu.

— Demande-lui s'il a peur.

La réponse de Smugg fut cinglante.

— Il dit que dehors il y a trois types avec des battes de base-ball. Un seul cri et ils viennent nous briser les genoux. Pourquoi aurait-il peur ?

— Pas de nous. De Zarov.

Lena n'eut pas besoin de traduire. Smugg se leva brusquement et leur fit signe de partir.

— Pose-lui une dernière question : ça paie bien, le trafic de conteneurs ?

Les deux hommes se défièrent du regard. Smugg répondit d'une voix froide, un peu narquoise.

— Non, traduisit Lena. Il faut surveiller les opérations de manutention, ça prend du temps. Et il y a beaucoup de paperasserie parce qu'il faut falsifier les documents de transport. Il ne gagne pas grand-chose sur une cargaison, d'autant que les douaniers sont très gourmands, il faut payer cher leur silence. Il préfère s'occuper des migrants. Ça, au moins, c'est de l'argent vite gagné. Les plus rentables, ce sont les Bangladais. Ils ne font jamais d'histoire. Et comme ils sont maigres, tu peux en mettre une trentaine dans un canot pneumatique. Même s'il coule pendant la traversée, il ne perd pas d'argent, car il les fait payer à l'avance. C'est le business idéal.

Marco ne trouva rien à répondre. Devant un tel bloc de cynisme, les mots étaient impuissants. Il prit Lena par le bras et quitta les lieux, sans même un salut pour le *smuggler*.

Ils rentrèrent en bus à Odessa. Lena lia connaissance avec une vieille femme, fichu marron noué sur la tête et cabas sur les genoux, tandis que Marco allait s'asseoir seul au fond. Il était abattu. Ce Smugg avait ruiné tous ses espoirs.

Et pourtant, Marco n'était pas naïf. Il ne s'attendait pas à ce que ce trafiquant les accueille à bras ouverts. Mais il espérait tout de même que la discussion dure plus longtemps et que Smugg finisse par commettre une indiscrétion. Qu'allaient-ils faire, maintenant ? Cette piste ne menait nulle part. Ils pouvaient rentrer en France, ils avaient échoué.

— Cette dame me disait que les affaires n'ont jamais été aussi mal, lança Lena, en s'installant à côté de lui. Les Ukrainiens n'ont plus d'argent et il y a moins d'étrangers qui viennent au « 7 ».

— Ah oui ? dit Marco distraitement.

— Et pourtant, les prix sont très bas. Personne ne paie de taxes, tout s'achète au noir.

— Autant de recettes fiscales en moins pour l'État. Comment le gouvernement peut-il tolérer ça ?

— Il suffit d'y mettre le prix. L'administration est rongée par la corruption, de l'éboueur jusqu'au maire. Tu sais qu'Odessa est la seule ville du monde qui ait érigé un monument à la gloire du bakchich ? C'est une histoire qui remonte à l'époque du tsar Paul Ier de Russie. Pour le convaincre de financer la construction du port, les Odessites lui avaient fait livrer une cargaison d'oranges, un fruit qu'il adorait, mais très difficile à trouver.

— Et alors?

— Les oranges devaient être bonnes puisqu'il a payé! La morale de cette histoire, si l'on peut parler de morale, c'est que personne n'est à l'abri. Si les habitants de cette ville ont réussi à amadouer un tsar, on imagine ce qu'ils peuvent faire d'un pauvre policier...

Le car les laissa au centre-ville, à proximité de l'hôtel. La nuit était tombée d'un coup. Des guirlandes lumineuses ornaient la petite place. Assis sur un tabouret, un joueur de bandoura chantait un air traditionnel. Il y avait comme un avant-goût estival, ce soir, mais Marco n'avait pas le cœur à en profiter. Il s'engouffra dans le hall du Serguei, Lena sur ses pas. L'ascenseur les laissa au deuxième étage. Marco, toujours silencieux, ouvrit la porte en grand. Son cerveau bouillonnait, il repassait en boucle les derniers jours, ses discussions avec Sum et Vinesh, il essayait de se souvenir d'un détail qui aurait pu lui échapper, mais il ne ressentait qu'une immense confusion. En désespoir de cause, il se laissa tomber dans le fauteuil rococo qui faisait face à la fenêtre.

— Cette fois, c'est fini, rumina-t-il. Je ne le reverrai jamais.

Lena n'essaya pas de le consoler. Qu'aurait-elle pu dire? Retroussant sa jupe, elle s'assit à califourchon sur lui et prit son visage entre ses mains. Marco se laissa faire. Elle lui caressa la joue et l'attira doucement à elle. Il résista un instant, puis il se laissa aller. Leurs lèvres se frôlèrent. Lena sentait bon, Marco, enivré, laissa courir ses mains sur ses hanches. Lena se colla à lui. Il sentit son souffle chaud dans son cou. Le désir montait, il lui faisait presque mal, tellement il avait été longtemps contenu. Lena, de son côté, sentait qu'elle lâchait prise. Pour la première fois, elle laissait un homme l'embrasser et elle en éprouvait un plaisir insensé. Son corps, d'habitude malmené et monnayé, s'éveillait, l'envie irradiait dans son ventre. Elle s'écarta de Marco et dégrafa son jean. Un long moment, ils tanguèrent, soudés l'un à l'autre. Puis, dans un mouvement de bassin sensuel et animal, elle l'accueillit en elle. Marco poussa un long gémissement.

À sa grande surprise, Lena, qui n'avait pas ressenti la moindre émotion sexuelle depuis des années, fut tout de suite submergée de plaisir.

25

Pourquoi lui donnait-elle un coup dans l'épaule? Il ne ronflait tout de même pas tant que ça. Marco râla dans son sommeil, mais il reçut une nouvelle bourrade, cette fois dans les côtes. La douleur le réveilla.

— Mais tu me fais mal!

Il se tourna vers Lena, qui, à sa grande surprise, dormait. Il sentit alors une présence dans la chambre. Ils n'étaient pas seuls. Il se redressa, devina des formes dans la pénombre.

— Regardez comme ils sont mignons, serrés l'un contre l'autre!

— Qui êtes-vous? bredouilla Marco.

— Vous ne devinez pas? Faites un effort.

— Zarov...

Marco jaillit des draps, mais il n'eut pas le temps de se lever. Il reçut un coup sur la tempe et fut plaqué contre le mur. Quelqu'un lui tordit les bras dans le dos et lia ses poignets. Tirée du sommeil, Lena hurla. Zarov la gifla violemment. Elle retomba sur le lit, à moitié assommée. Zarov claqua des doigts. Aussitôt, ses hommes les entraînèrent hors de la chambre. Le petit groupe s'engagea dans l'escalier. Marco ne pouvait voir leur visage, mais il compta trois silhouettes, cintrées dans des imperméables noirs. Ils traversèrent le hall au pas de course. Retranché derrière son comptoir, le réceptionniste détourna le regard à leur passage. Un 4X4 stationnait devant la porte. Marco et Lena furent poussés sans ménagement sur le siège arrière. Le véhicule démarra en trombe et disparut dans la nuit.

Personne ne parla durant le trajet. Zarov, assis à l'avant, regardait fixement la route. Marco, pieds nus, en caleçon et tee-shirt, l'observait en coin. Il n'en revenait pas de son audace. Enlever des étrangers en plein centre-ville, à quelques centaines de mètres d'un commissariat : il fallait vraiment qu'il ait de solides appuis dans la police. Étrangement, Zarov était assez proche de l'image qu'il s'en était faite. Plutôt fin, cheveux courts, un bouc et deux traits de moustache parfaitement taillés. De taille moyenne, il n'avait pas l'imposant physique de ses gorilles, mais son regard était dur ; un mélange de cruauté et d'intelligence qui mit Marco mal à l'aise, la seule fois où Zarov le surprit dans le rétroviseur.

La voiture quitta la route principale et serpenta entre les collines. Une lumière bleutée grandissait à l'horizon. Le soleil n'allait pas tarder à se lever.

Brusquement, le chauffeur s'engagea sur un étroit sentier. L'ascension dura quelques minutes. Les roues du 4X4 mordirent la caillasse, des ronces griffèrent la carrosserie. Enfin, un vieux château de pierre apparut dans la lumière des phares.

— Descendez ! ordonna Zarov.

Ses sbires les conduisirent à l'intérieur. Ils longèrent un corridor glacé.

— Par là, indiqua Zarov, en montrant des marches de pierre.

Ils s'arrêtèrent devant une porte en métal. L'un des gorilles sortit un trousseau de clés.

— Allez, entre, dit Zarov.

Son homme de main poussa Marco à l'intérieur. Toujours attaché, il perdit l'équilibre et tomba lourdement au sol. Allongé sur un lit, en face de lui, une forme bougea.

— Marco !

Il connaissait bien cette voix.

C'était Camille.

— Comme ces retrouvailles sont touchantes, railla Zarov.

L'un de ses comparses jeta un matelas par terre. Un autre lança un sac plastique en direction de Marco. À l'intérieur, des affaires roulées en boule.

— Le pantalon risque d'être un peu grand, c'est celui d'Igor, mon homme de main, ajouta-t-il. Bon, laissons-les, ils ont certainement des tas de choses à se dire.

Lena apparut dans l'embrasure de la porte. Lorsqu'elle aperçut Marco, gisant sur le sol, elle se précipita vers lui. Zarov l'arrêta d'un geste.

— Toi, tu viens avec nous.

— Marco! cria Lena.

— Ne lui faites pas de mal! supplia-t-il.

Zarov s'avança lentement vers lui, les sourcils froncés.

— Mais dis-moi… Tu n'aurais pas le béguin pour elle, par hasard? Tu dois pourtant savoir qu'elle m'appartient.

Il s'accroupit à côté de lui, l'air amusé.

— Tu as l'air étonné. Elle ne t'a pas dit que j'étais son mac?

Il se tourna vers Lena, qui était restée derrière.

— Dis-lui, ma belle, raconte-lui ce que tu as fait. C'est mieux que ce soit toi, non? Moi, il ne me croira jamais.

Tant bien que mal, Marco se tourna sur le côté. L'attitude de Lena le surprit. Elle gardait les yeux obstinément baissés, comme si elle voulait éviter son regard.

— Lena?

Elle ne lui répondit pas.

— Il ne faut pas avoir honte, ma chérie, s'esclaffa Zarov. Tu as fait ce qu'il fallait. Tu as gagné la confiance de Camille, tu l'as trahi, puis tu es passée à Marco. Nous savions tout, mon gars. Ce que tu mangeais le midi. Ton voyage en Normandie. Ta visite chez cet abruti de colombophile. Tes rapports difficiles avec ta mère. Et j'en passe…

— Mais… Pourquoi?

— Nous avions besoin de vous. Les trafics alimentaires n'en sont qu'à leurs débuts, il y a des fortunes colossales à se faire, à condition de ne pas attirer l'attention des autorités. Pour cela, il nous fallait une caution. Et qui, sinon deux experts reconnus dans le monde de la sécurité alimentaire, et dont les avis sont écoutés jusque dans les bureaux des ministères? Nous avons d'abord pensé vous corrompre, mais nous avons vite compris que vous n'accepteriez jamais de produire de fausses accréditations. Il était plus simple de soudoyer votre jeune recrue, Andréa. Nous n'avions juste pas envisagé que cette tête de pioche puisse être prise de remords. Il a donc fallu le supprimer. Camille, vous ferez part à votre ami du marché que je vous ai mis entre les mains. Vous aurez tout loisir d'y réfléchir ces prochaines heures. Quant à moi, je vais goûter à la joie d'avoir retrouvé cette chère Lena…

Il lui saisit la taille, mais elle se déroba et alla s'agenouiller auprès de Marco.

— Ne me juge pas, je t'en prie, lui souffla-t-elle. Je n'avais pas le choix.

Elle voulut l'embrasser, mais Marco détourna la tête.

— On a toujours le choix.

Zarov l'attrapa par le bras et l'emmena. La porte claqua dans un bruit sinistre. Les pas s'éloignèrent et le silence retomba dans la forteresse.

Ce fut Camille qui le rompit en premier.

— Viens, je vais te détacher.

Marco se traîna vers lui. Camille mit du temps à desserrer les nœuds. Il n'avait ni mangé ni bu depuis deux jours et sa vue se brouillait.

— Merci, dit enfin Marco en massant ses poignets.

Il se leva et tenta de desceller l'anneau qui retenait Camille enchaîné.

— Ne te fatigue pas, ça fait huit jours que j'essaie.

— Il n'y a vraiment aucun moyen de s'échapper d'ici?

— Si je l'avais trouvé, je ne serais pas là.

Camille se rendit compte de la dureté de sa réponse.

— Excuse-moi, Marco, mais je suis à bout. Ces types sont des malades. Pour eux, la vie ne compte pas, surtout celle des autres.

— Pourquoi ont-il tué Andréa?

— Parce qu'il ne leur servait plus à rien. Ils n'ont aucune pitié.

Pauvre Andréa. Pourquoi s'était-il embarqué dans cette galère? Et comment avait-il pu le trahir, lui, Marco, la seule personne qui lui ait tendu la main? Les questions se bousculaient, sans réponses. Et d'autres se profilaient, bien plus douloureuses. Lena. Dans un violent effort, Marco chassa de sa tête son joli petit minois. Il avait trop mal. Savoir qu'elle roulait pour ce fumier de Zarov l'avait anéanti. «Je n'avais pas le choix», avait-elle dit. Mais pourquoi?

Marco vida le sac plastique sur le sol. Il passa le pantalon, qui était effectivement trop grand et trouva un bout de corde.

— Où est stockée la marchandise? Dans un entrepôt près du port? demanda-t-il à Camille, tout en enfilant la ficelle dans les passants du vêtement.

Camille ne répondit pas. Il s'était rendormi. Marco, attendri, regarda son ami étendu sur la couchette. Leur situation était critique, mais à cet instant précis, il ne ressentit qu'une chose : le plaisir de revoir sa bonne trogne dévorée par une barbe digne de Raspoutine. À son tour, Marco s'effondra. Sa dernière pensée fut pour Lena, qui ne serait plus jamais là pour se plaindre de ses ronflements.

26

Le couteau se planta dans le panneau de bois, à quelques centimètres de la tête de Lena. Elle jeta un regard effrayé vers les trois hommes qui jouaient aux cartes sur une caisse de bois. Ils s'esclaffèrent en la voyant se recroqueviller.

— À mon tour ! hurla un autre.

Il sortit son cran d'arrêt, vida son verre de vodka et prit son temps pour l'ajuster.

— Arrête, Tarass !

La voix claqua comme un fouet. C'était Zarov.

— Je ne veux pas que vous touchiez à cette fille. Je pensais pourtant avoir été clair.

Il confisqua la bouteille d'alcool.

— Au lieu de picoler, va plutôt à l'entrepôt et assure-toi que les camions sont prêts. Nous partons dans une heure, je ne veux pas d'imprévu.

— Où on va ?

— Paris. Mais cette fois, il ne s'agit pas d'aider un ado attardé à se pendre. On livre une pleine cargaison de nourriture, c'est du sérieux.

— Quel genre de nourriture?

— Des boîtes de conserve. De la charcuterie. De la viande sous vide. Du poisson.

— Mais ça va pourrir!

— Tout est traité au monoxyde de carbone, ça tiendra bien une semaine. Sur les sièges, vous trouverez les détails du trajet dans des pochettes plastiques. Trois camions, trois routes différentes. Pas d'excès de vitesse, n'éveillez pas l'attention des flics. On se retrouve porte d'Aubervilliers. L'entrepôt est facile à repérer, il se trouve juste devant l'entrée du périphérique.

— Oui, c'est facile à trouver, retentit une petite voix triste. Des hangars glauques, des rangées de poubelles, des carcasses de voitures et, le soir, sur les trottoirs crasseux, des filles de vingt ans éreintées et couvertes de bleus. Je le connais bien, cet endroit.

— Tais-toi, Lena.

Le ton comminatoire ne supportait pas de réplique. Lena retourna à son silence et au livre qu'elle tenait ouvert devant elle. «Mignonne, allons voir si la rose, Qui ce matin avait déclose.» La douceur de Ronsard pour oublier la compagnie de ces brutes gavées d'alcool et de testostérone.

— Et si on se fait choper? demanda Tarass.

— Vous tirez dans le tas et vous mettez le feu au camion. Mais ne craignez rien, vous avez des papiers plus vrais que nature. Personne ne va s'amuser à goûter vos poissons congelés ou ouvrir des boîtes de conserves.

Tarass ne semblait pas convaincu.

— Et le client, il est fiable?

Zarov se tourna vers lui, l'air mauvais.

— Mais dis-moi, tu ne serais pas en train de douter de mon plan, par hasard? Tu crois que j'aurais monté une telle opération si je n'étais pas sûr du client?

— Non, Zarov, je voulais juste m'assurer que…

— Contente-toi de surveiller les opérations et laisse-moi faire le reste, tu veux bien? De toute façon, je serai sur place, le client aussi. Maintenant, va rejoindre les autres. Et dis à Piotr de venir ici.

Lena sursauta. Piotr. Le garagiste de Jeravna. Le garçon qui lui avait promis une vie de rêve en France avant de la mettre sur le trottoir. Elle essaya de se concentrer sur son sonnet : «Cueillez, cueillez votre jeunesse, Comme à cette fleur la vieillesse, Fera ternir votre beauté», mais c'était impossible. Elle referma son livre. Elle ne voulait pas croiser ce salaud qui avait ruiné sa vie. Elle aurait été capable de le tuer.

— Où vas-tu? lui demanda Zarov.

— Je veux sortir, j'étouffe.

— Non, tu restes ici. Rassieds-toi.

Elle n'en eut pas le temps. Piotr fit irruption dans la pièce.

— Bonjour, boss. Tiens, Lena… Tu vas bien?

Et toujours cet air charmeur. Comment avait-elle pu tomber dans ses filets? Quelle fille stupide, elle n'avait eu que ce qu'elle méritait.

— Tu ne m'embrasses pas?

Elle faillit le gifler ou, mieux, enfoncer ses griffes dans ses yeux, mais une petite voix intérieure lui conseilla de n'en rien faire. Le moment de la vengeance n'était pas venu. Elle lui tendit ses lèvres. Piotr savoura sa victoire.

— Bon, ça va, tous les deux, je ne vous gêne pas trop? s'impatienta Zarov. Piotr, je veux que tu t'occupes des prisonniers. J'avais pensé en garder un en otage, le temps que l'autre mène des démarches auprès des autorités françaises, mais ça ne marchera jamais. Ils ont compris que je les tuerai lorsque je n'aurai plus besoin d'eux. Autant s'en débarrasser tout de suite.

Lena blêmit. Piotr allait tuer Marco. Mais elle pouvait encore le sauver. Il fallait juste trouver une idée. Juste une, par pitié.

Zarov mit son imperméable noir et se dirigea vers la sortie. Au passage, il lança un trousseau à son comparse.

— Tiens, les clés de la cellule. Occupe-t-en maintenant. Et n'oublie pas de lester les corps avant de les balancer dans le port.

Il se tourna vers Lena, qui s'était rassise.

— Piotr t'emmènera tout à l'heure à la gare routière. Il te rendra ton passeport. Prends un car et retourne en Bulgarie. Je te retrouverai à mon retour, dans deux ou trois jours. Je verrai alors quelle suite donner à ta «carrière». Libre à toi de t'échapper, mais tu sais ce qu'il adviendrait de Pavel. Si tu n'es pas là le jour où je rentrerai, je commencerai par lui couper une oreille, puis l'autre. Ensuite, je trancherai un doigt chaque matin. Si tu n'es toujours pas là au bout de dix jours, je m'attaquerai à autre chose et ta famille n'aura jamais de descendance.

Il éclata d'un rire cruel et disparut dans la nuit. Piotr se retrouva seul avec Lena. Il ne perdit pas de temps. Il s'approcha d'elle et lui caressa la tête. Sa main s'égara dans ses cheveux. Lena se laissa faire, tandis qu'il imprimait une légère pression sur sa nuque. Lena lui sourit.

— J'ai fait beaucoup de progrès depuis l'époque où tu me fréquentais, dit-elle simplement.

Elle frôla sa jambe, atteignit sa ceinture qu'elle défit lentement. D'un geste sensuel, elle lui massa le haut des cuisses. Piotr grogna d'empressement. Il ne s'attendait pas à ce qu'elle mette autant de bonne volonté. Devançant son désir, elle tira son pantalon vers le bas.

— Mets-toi contre la table, tu seras mieux, murmura-t-elle.

Il partit s'asseoir contre la caisse de bois. Pendant ce temps, elle alla chercher une bière qu'elle décapsula elle-même. Puis elle revint à lui.

— Elle est tiède, je suis désolée. Mais c'est mieux que rien.

Il la remercia d'un clin d'œil. Lena déboutonna sa chemise. Elle glissa ses mains sous le tissu pour toucher sa peau. Il voulut l'embrasser, mais elle préféra se perdre dans son poitrail fourni. L'instant d'après, elle glissa à genoux et lui arracha un gémissement. Piotr la saisit alors par les cheveux. Au prix d'un effort surhumain, Lena parvint à surmonter sa répulsion.

27

Vingt minutes. Son supplice n'avait pas duré longtemps. Piotr s'était écroulé d'un bloc avant qu'elle n'aille au bout de sa caresse. Finalement, Lena pouvait bénir ces insomnies qui la rendaient folle depuis des mois. Les somnifères s'étaient dilués très vite dans la bière, Piotr ne s'était rendu compte de rien. Lena s'essuya la bouche contre le revers de sa manche. De tout ce que les hommes lui avaient fait subir ces dernières années, ces instants passés avec Piotr avaient été, de loin, les plus répugnants. Mais au bout, il y avait Marco. Elle voulait tellement se racheter. Encore un petit effort, elle y était presque.

Elle fouilla dans les poches de Piotr, trouva le trousseau. Elle le regarda alors attentivement. Ses yeux étaient révulsés. Elle chercha son pouls, ne le trouva pas. Piotr ne respirait plus. Elle n'aurait peut-être pas dû mettre tout le tube, peut-être était-il déjà mort. Elle n'en éprouva aucune émotion. Elle se releva et descendit l'escalier de pierre. Une fois dans la cave, elle trouva très vite la cellule. Personne ne la gardait. Tous les hommes étaient partis avec Zarov.

— Marco ! chuchota-t-elle en frappant contre le montant métallique.

Personne ne répondit. Fébrilement, elle enfonça la clé dans la serrure. La porte s'ouvrit. Dans l'obscurité, elle distingua deux formes étendues sur des matelas.

— Lena ?

Marco se redressa, tandis que Camille grommelait dans son sommeil.

— Mais qu'est-ce que tu fais là ?

Elle courut vers lui et le prit dans ses bras, mais Marco resta de marbre. Doucement, mais fermement, il la repoussa.

— Après ce que tu m'as fait, je n'ai pas vraiment envie, Lena.

— Je te l'ai dit, je n'avais pas le choix. Tu te rappelles de mon frère Pavel ? Ils le gardent en otage en Bulgarie. Si je n'avais pas collaboré, ils l'auraient tué. Je suis tellement désolée. Tu m'as accueilli chez toi et je t'ai trahi. J'aurais aimé te donner autre chose, mais c'est trop tard, tu ne me pardonneras jamais. Je peux juste t'aider à t'échapper. Réveille Camille. Trois camions sont partis cette nuit pour la France. D'autres suivront.

— Et ils vont où, ces poids lourds ?

— Porte d'Aubervilliers. Tout est indiqué sur ce papier. La livraison a lieu dans deux jours. Zarov

y sera, son client aussi. Peut-être pourrez-vous
les arrêter.

Elle regarda vers la porte, inquiète.

— Je dois y aller, dit-elle. Adieu Marco, les
choses auraient pu se passer autrement. Je…

Elle lui vola un baiser et, l'instant d'après, disparut. Pris au dépourvu, Marco n'eut pas le temps
de réagir. Pourtant, les mots se bousculaient dans
sa tête. Il aurait aimé lui dire qu'il ne lui en voulait pas et ne cessait de penser à elle…

Ses pas empressés résonnèrent longtemps
dans le couloir et puis plus rien. Le silence était
retombé d'un coup.

Ils étaient libres.

28

Deux jours plus tard,
à Paris

C'était un petit miracle de la vie. Une glycine aux reflets mauves qui poussait sur un mur noir de pollution. L'arbuste avait pris racine dans une anfractuosité de bitume. Comment des fleurs aussi délicates pouvaient-elles s'épanouir dans un lieu aussi sinistre? Des hangars en tôle ondulée. Un vélo désossé, toujours accroché à sa barrière. Un terrain vague jonché de détritus et de sacs en plastique, et sur le trottoir d'en face, une vieille camionnette mal garée. Derrière le pare-brise, une petite loupiote allumée – ce qui, en langage de la nuit, signifiait «Fille à louer». Marco ne put s'empêcher de penser à Lena. Une fois, elle lui avait raconté ce qu'elle avait vécu sur le trottoir. Les nuits passées à battre la semelle, la peur au ventre à l'idée de tomber sur un pervers. Les jeunes en virée, le tutoiement salace et agressif. Les étreintes nerveuses. Les habitacles de voitures exigus. Les odeurs. La fatigue. L'écœurement. Et toute la galerie de l'évolution qui défilait entre ses jambes, de la brute au souffle court au timide congénital, en passant par le gros porc et le fauché. Parfois, aussi, les belles rencontres, comme ce vieux monsieur venu chercher de la compagnie, un bouquet de fleurs à la main.

Marco se leva pour déplier ses jambes. Il n'en pouvait plus. Comment les flics faisaient-ils pour planquer des nuits entières ? Trois heures, déjà, qu'ils faisaient le pied de grue porte d'Aubervilliers. Si les renseignements de Lena étaient exacts, les camions arriveraient cette nuit, juste en face, dans cet entrepôt aux grilles rongées par la rouille.

Les événements s'étaient précipités depuis leur évasion d'Odessa. Alors que les camions de Zarov roulaient vers Paris, Camille et Marco étaient rentrés en France par le premier avion. La réaction instinctive de Marco avait été d'alerter la police. Mais Camille l'en avait dissuadé avec une fermeté inhabituelle. Il avait fallu deux heures d'explications pour que Marco comprenne l'ampleur du problème. Camille n'avait pas eu de petits soucis avec les flics, mais plutôt des gros. Il avait participé à un cambriolage, quelques années plus tôt. Ou plus exactement, il l'avait commandité. Et tout ça, parce que la compagnie maritime pour laquelle il travaillait à l'époque avait refusé d'indemniser la famille de l'un de ses marins, un Philippin mort pendant une traversée. Camille s'était battu jusqu'à ce que son patron, excédé, le menace de licenciement. Alors Camille avait décidé d'aller se servir lui-même. Il avait demandé à deux «copains» monténégrins d'aller fracasser le coffre de la société, puis il avait donné à la famille l'argent qu'il avait récupéré. Le tribunal avait moyennement apprécié son côté Robin des Bois. Il l'avait condamné à deux ans de prison avec sursis. Si l'on y ajoutait l'histoire du commissaire de police qui l'avait surpris chez lui, avec sa femme, cela faisait beaucoup. Autant dire qu'il y avait peu de chances que les policiers lui réservent un bon accueil...

Fidèle à sa méthode, Camille avait fait appel à cinq costauds habitués aux coups de main musclés. Tous d'anciens dockers que Camille avait sortis de la mouise dans le passé. Ils étaient là, accroupis dans les fourrés, une barre à mine entre les mains, le visage fermé. Camille leur vouait une confiance totale. Marco avait essayé de le raisonner. Les hommes de Zarov étaient armés et Marco craignait l'effusion de sang. Mais l'air résolu des dockers avait fini par balayer ses réserves.

Une main se posa sur son épaule.

— Ils arrivent! lui dit Camille.

Deux camions s'approchaient au ralenti, feux éteints. Ils s'arrêtèrent devant l'entrepôt. Bref appel de phare, et une silhouette sortit du bâtiment, traversa la cour pour leur ouvrir. Des bruits de chaîne, quelques grincements, puis le camion entra dans l'enceinte, suivi du second.

— Qu'est-ce qu'on fait? demanda Marco.

— On attend.

Les hommes descendirent des véhicules et se congratulèrent, des rires gras fusèrent. À la lueur d'un briquet, Marco reconnut un visage. Zarov. Au bout de quelques minutes, ils entrèrent dans le hangar. Camille attendit quelques instants, puis il leva le bras. Les dockers traversèrent la route en silence. L'un d'eux sortit une pince coupante et brisa la chaîne du portail. Elle tomba au sol dans un bruit métallique.

— Chut, râla Camille, ils vont nous entendre.

Ils tentèrent d'ouvrir l'un des camions, mais les portes arrière étaient fermées par un cadenas. Claquement de doigts de Camille. Le verrou ne résista pas longtemps aux mâchoires de métal. Marco bondit sur le hayon, tandis que Camille ouvrait les battants. Il alluma sa torche.

— Ça pue là-dedans, constata Camille.

Des caisses réfrigérées étaient arrimées sur les côtés. Il en ouvrit une. Des sachets congelés étaient entassés à l'intérieur.

— Des tilapias, murmura Marco.

Camille désigna une autre caisse.

— Regarde, celle-là est à température ambiante. Tout doit être pourri à l'intérieur.

Marco l'ouvrit.

— Les filets ont viré au brun, dit-il. C'est bon pour la poubelle.

— Tu plaisantes ! Ils vont les passer aux rayons ultraviolets et les envoyer en Afrique. C'est ce qu'ils font lorsque la nourriture est trop avariée. Là-bas, il n'y a aucun contrôle, ça rentre tout seul. De toute façon, ça ne tue personne, il suffit de le faire bouillir – c'est du moins ce que raconte Zarov.

Soudain, une exclamation.

— On est repérés ! cria l'un des dockers.

Tous se précipitèrent vers l'entrée de l'entrepôt. Les hommes de Zarov sortirent en désordre du bâtiment, couteau à la main. Sans doute un gardien était-il allé fumer une cigarette. Il avait aperçu des ombres et donné l'alerte. L'affrontement vira très vite à la bataille rangée. Un docker fracassa sa batte de base-ball sur le crâne d'un mafieux. Camille sortit une matraque et se jeta dans la bagarre.

— Quelle folie ! se dit Marco, en descendant à son tour dans l'arène.

À cet instant, un projecteur illumina la cour. La silhouette d'un homme vêtu d'un long imperméable apparut en contre-jour.

— Zarov, fulmina Marco.

Que pouvait-il faire ? Il n'était pas armé et ne savait pas se battre. Il maudit Camille. Ce plan était foireux, ils allaient tous s'échapper et Marco ne reverrait jamais Lena. Un docker tituba et s'effondra en se tenant le ventre. D'un coup de poing magistral, Camille fit valdinguer l'un des escrocs, puis il se précipita sur Zarov.

Les deux hommes s'empoignèrent à la gorge. Marco voulut prêter main-forte à son ami, mais il devait traverser le champ de bataille. Et les coups volaient bas. Marco remarqua alors une silhouette de petite taille qui essayait de s'enfuir en rasant les murs.

— Il est pour moi, dit Marco entre ses dents.

Il courut à sa rencontre et le rejoignit avant qu'il ne parvienne à l'angle du bâtiment.

— Stop ! s'écria-t-il.

L'homme fit brusquement demi-tour, il tenta de passer au milieu des antagonistes, mais il glissa dans une flaque d'huile. À cet instant, le rai de lumière se posa sur lui. Marco se figea.

— Turenne !

Ce fut comme un vertige. Une corde qui se rompait alors qu'il était en pleine ascension sur une paroi lisse. Marco sentit le vide sous ses jambes.

— Mais qu'est-ce que...

Il n'eut pas le temps de s'interroger davantage. Un coup de feu retentit. Le projectile se ficha à quelques centimètres de la tête de Camille, toujours aux prises avec Zarov. Marco repéra le tireur : c'était Igor, son âme damnée. Sans réfléchir, il plongea dans ses jambes, au moment où Igor tirait de nouveau sur Camille. Une terrible explosion déchira la nuit. Un déluge de feu illumina la scène, une chaleur insoutenable envahit la cour, brûlant les poumons et les sourcils. La balle avait perforé une cuve de fuel. La déflagration avait été tellement violente qu'elle avait soufflé l'un des murs de l'entrepôt. Des panneaux métalliques tombaient de tous côtés, tandis que le mazout enflammé se propageait partout. Le bâtiment menaçait de s'effondrer.

— Camille !

Marco aida son ami à se relever. Mafieux et dockers prirent la fuite, abandonnant les blessés. Au milieu d'eux, Turenne. Marco se précipita sur lui, il l'attrapa sous les aisselles et l'éloigna de la fournaise.

— Et Zarov ? cria Camille.

— Pas vu !

Un hurlement retentit. Il provenait de l'amas de tôles incandescentes. Une main sortit des décombres, elle repoussa une poutrelle. Un craquement retentit.

— Attention ! hurla un docker.

Le toit s'effondra dans un vacarme de fin du monde, ensevelissant Zarov et Igor, qui tentait de le dégager. Une fumée épaisse envahit la cour. Marco transporta Turenne derrière un muret de pierre. Celui-ci tenta de se relever, mais il grimaça de douleur.

— Restez tranquille, l'enjoignit Marco.

Il roula sa veste en boule et la plaça sous sa nuque. Il remarqua alors la tâche rouge sur sa chemise. Il souleva doucement le pan de tissu. Turenne avait le ventre perforé par un pieu de métal.

— Camille, appelle le Samu, vite ! s'affola Marco.

Turenne posa sa main sur son bras. Il semblait étrangement calme.

— Pas la peine, Marco. C'est fini. Tout est fini.

Turenne avait un regard tourmenté. Marco y lut de la fureur, mais aussi de la haine. L'affliction qu'il éprouvait pour lui disparut instantanément. Turenne était un monstre. Sa noirceur et sa cruauté apparaissaient à nu. Il ne méritait pas la pitié.

— Vous étiez dans la combine, vous en étiez même l'instigateur, n'est-ce-pas? asséna Marco. Zarov n'était pas qu'un fournisseur véreux, il était votre associé.

Turenne ricana.

— Ne compte pas sur moi pour te faire l'explication de texte, je n'en ai plus la force et je t'ai assez supporté comme cela. Va-t'en. Je n'ai pas envie que tu me regardes mourir.

Camille les rejoignit. Son nez saignait, il respirait bruyamment et se tenait la jambe.

— Ils se sont tous carapatés! L'un de mes gars a été blessé au ventre. Il faut l'emmener à l'hôpital.

— Je te rejoindrai plus tard. J'ai besoin de rester encore un peu.

Camille les regarda tour à tour, puis il hocha la tête.

— Ne traîne pas trop, les flics ne vont pas tarder.

Marco se retrouva seul avec Turenne. Il lui posa la question qui lui brûlait les lèvres.

— Vous détestiez mon père, n'est-ce-pas ? Vous l'avez toujours détesté, vous en étiez jaloux. Vous avez été jusqu'à séduire ma mère pour le salir.

L'éclat de cruauté qu'il lut dans son regard lui confirma qu'il avait touché juste.

— J'ai aimé la posséder, non pour ce qu'elle était, mais parce que je l'ai soustraite à ton père. Oui, c'est vrai, je l'ai toujours haï. Il a mis beaucoup de temps à s'en rendre compte. On ne se méfie jamais assez de ses amis.

Il éclata d'un rire sardonique, grimaça et se tint le ventre à deux mains. Sa vie s'écoulait par sa blessure, il ne faisait rien pour la retenir. Il se figea soudain, esquissa une légère grimace et se tourna sur le côté. Des sirènes se rapprochaient. Marco partit en courant tandis que des gyrophares bleutés apparaissaient au loin.

29

Jours tranquilles à Malak. Depuis longtemps, Marco n'avait pas dormi aussi paisiblement. Pas de corne de brume déchirant l'aube, pas de Zarov l'arrachant au sommeil, mais un silence tamisé et bienfaisant. Il s'était levé, frais comme un gardon et rien de ce qui, d'habitude, l'horripilait, n'avait entamé sa bonne humeur – pas même l'air bovin de Raymond ou la batterie de son scooter, à plat, comme d'habitude. Quant à la liasse de relances qu'il avait trouvée sous la porte, en arrivant à son bureau, rue de Pressensé, elle l'avait fait sourire. C'est dire.

Ce n'est qu'en regardant vers le bureau d'Andréa qu'il avait cessé de siffloter. Pauvre gamin, mort pour une histoire de gros sous. Plus jamais Andréa ne laisserait ses cartons de pizzas sur la table de réunion. Et plus jamais Camille ne lèverait les yeux au ciel en le voyant, les pieds sur la table, un clavier d'ordinateur sur les genoux, son téléphone vissé à l'oreille, tapant des lignes de code tout en parlant à un copain.

L'atmosphère était étouffante. Un remugle de tabac froid et de dossiers poussiéreux. Quelques minutes lui avaient suffi pour se forger une conviction : l'aventure TracFood était finie. Le contrat avec la société Monchal était caduc et il n'y en avait pas d'autre pour relancer l'activité. Était-ce un drame ? Marco en avait marre de jouer au consultant. Ce métier était vraiment trop ingrat. Soit on cirait les pompes du client, on avait du mal à se regarder dans sa glace le soir, soit on disait haut et fort ce que l'on pensait, mais on était sûr d'être viré avant la fin de l'année fiscale.

Qu'allait-il devenir ? Il n'en savait rien. Tout était confus dans sa tête. La mort de Turenne l'avait fortement ébranlé. C'était un nouveau pan de son enfance qui s'effondrait. Turenne était un salaud, mais ils avaient été liés tous les deux, que Marco le veuille ou non. Il allait falloir digérer tout ça.

— Marco ?

Un homme se tenait dans l'encadrement de la porte, à contre-jour. Un homme de petite taille, un peu voûté, une voix chevrotante. Un homme qui n'avait pas livré tous ses secrets. Ricardo Bati.

— Vous ?

— Ça t'étonne tant que ça ?

— Je ne pensais pas vous revoir.

— Je ne t'ai pas tout dit.

— Ça, je m'en étais rendu compte... Qu'est-ce qui vous a décidé à venir?

— J'attendais de savoir comment les choses allaient tourner.

— Vous ne devez pas être déçu.

— C'était inévitable. Turenne était allé trop loin. La machine s'était emballée. Rien ne pouvait plus l'arrêter.

— Quand a-t-il franchi la ligne jaune?

— Ça a été progressif. Lorsque nous avons créé la boîte, tous les trois, tout se passait bien. Nous étions sur la même longueur d'onde. Nous militions pour un commerce équitable, bien avant que ce terme ne soit à la mode. Nous travaillions avec de petits producteurs en Amérique du Sud et en Afrique, nous vendions de bons produits. Nous ne gagnions pas beaucoup d'argent mais nous avions des idéaux. Et puis Turenne a changé. Je n'ai jamais su pourquoi, ton père non plus. Appât du gain? Cynisme? Il a cherché des moyens de produire moins cher, il a racheté des stocks d'engrais périmés, des insecticides bas de gamme. Et encore, ce n'était que le début.

— Mon père l'a laissé faire?

— À plusieurs reprises, il s'en est violemment pris à lui, mais Turenne faisait la sourde oreille. Sans doute ton père aurait-il pu changer le cours des choses, mais il n'était pas assez investi dans l'affaire. Tu sais pourquoi...

— Et vous, qu'avez-vous fait?

— J'aurais dû m'y opposer dès le départ, mais je ne l'ai pas fait. Par manque de clairvoyance, et peut-être aussi par faiblesse, je dois l'avouer. Après, il était trop tard.

— Il a continué à magouiller?

— C'est peu de le dire! Il ne s'agissait plus de petites combines : Turenne avait érigé la tricherie en système, surtout pour les plats cuisinés. Pour faire ses pizzas, il achetait des jambons en Roumanie, il y mêlait des déchets d'abattoirs, du plasma sanguin et de la gélatine. Et sur l'emballage, il inscrivait «jambon de Parme» en lettres d'or. Quant à la «mozarella de bufflonne», elle provenait en réalité du Maroc. Il avait acheté quelques troupeaux, là-bas. Pour augmenter les rendements, il gavait les bêtes de somatropine, une hormone de croissance dont on sait, depuis longtemps, qu'elle est cancérigène. Quand je pense qu'il a même osé vendre une «purée de pommes de terre aux truffes»! Tu sais ce que c'était, la truffe? Un dérivé d'hydrocarbure. Des patates au pétrole! Des exemples comme ça, je pourrais t'en donner des dizaines. Tu n'as qu'à aller voir dans ses usines, tu t'en rendras compte par toi-même.

— Mais je l'ai fait! Malheureusement, je n'ai pas vu le centième de ce que vous racontez.

— C'est facile de dissimuler ce que l'on ne veut pas montrer. Regarde ces fameux tilapias, que Zarov s'apprêtait à lui livrer : tu sais ce qu'il voulait en faire?

Marco ne répondit pas.

— Il voulait lancer une nouvelle gamme de «produits de la mer». Tout était prêt : les filets de tilapias devaient arriver dans son usine de Lamballe, il avait prévu de les passer au chlore pour tuer les bactéries. Et devine avec quoi il voulait les asperger pour leur donner du goût…

Il ménagea son effet. Marco ne cacha pas son exaspération. Ce type s'était tu pendant plus de vingt ans, il sortait uniquement de sa réserve parce que Zarov était mort et qu'il craignait que cette histoire ne lui retombe dessus. Il se posait en juge de paix alors qu'il avait été complice. C'était facile. Trop facile.

— Du prémix !

— Du quoi ?

— Du prémix, ce que l'on appelle aussi les «exhausteurs de goût». Ce sont des cocktails de molécules chimiques, ils sont censés donner du goût aux aliments. En fait, ce sont de vraies saloperies. Turenne en a acheté deux sacs de cent kilos en Chine. Personne ne sait très bien ce qu'il y a dedans. Il comptait en badigeonner ses filets de tilapias, dont on ne sait pas vraiment comment ils sont élevés.

— Moi je sais, maintenant. Ce n'est pas reluisant.

— Imagine la tronche du «Pot au feu de la mer» ou de la «Fricassée de poissons sauvages». Ce n'est plus de la cuisine, mais de la chimie. Le pire, c'est que les consommateurs n'y auraient vu que du feu. Il suffit de leur dessiner une Bigoudène sur le paquet, ils s'imaginent que les poissons ont été pêchés la veille à Saint-Malo.

Marco se sentit vidé. Le récit de Ricardo lui donnait la nausée.

— Et aujourd'hui, Turenne est mort et ses deux cents salariés vont se retrouver sur le carreau, soupira-t-il. J'imagine que la plupart d'entre eux ignoraient tout de ses agissements.

— Évidemment. Et pourtant, ils vont en subir les conséquences. C'est injuste.

Le silence s'installa. Marco ne fit rien pour le meubler. Il avait envie d'être seul. Ricardo n'avait pas l'air de le comprendre. Il ne bougeait pas.

— Mais tout n'est pas fini, Marco. Beaucoup de choses dépendent de toi, et notamment l'avenir de ces braves gens.

— De moi ? Je ne vois vraiment pas ce que...

— Laisse-moi parler, Marco. Je ne suis pas venu te raconter le passé. J'ai quelque chose d'important à te dire.

Il alla s'asseoir sur le bureau de Camille, ouvrit sa pochette et en sortit un classeur noir.

— As-tu déjà entendu parler du portage ?

Marco fit non de la tête.

— C'est un dispositif qui permet à un individu d'acquérir, pour une certaine durée, des actions appartenant à d'autres personnes. Lorsqu'arrive l'échéance, cette personne, que l'on appelle le porteur, est tenu de les revendre à ses anciens propriétaires. C'est exactement ce que Turenne a fait. Ton père et moi lui avons cédé nos actions, il y a vingt-cinq ans. Ça nous convenait bien à tous les trois : ton père ne souhaitait pas prendre de responsabilités, moi non plus. Quand Turenne nous a dit qu'il voulait diriger l'entreprise, nous n'avons rien trouvé à redire.

— Vous êtes devenus des «actionnaires dormants».

— Oui, on peut dire ça. Mais nous avons fini par nous réveiller! Tu liras les documents que je t'ai apportés. Il y est prévu que Turenne nous revende ces fameuses actions au bout de vingt-cinq ans, c'est-à-dire aujourd'hui! Il y a un mois, il est venu me voir à Arromanches pour me demander ce que je comptais faire. À peine avais-je ouvert la bouche qu'il cherchait à me dissuader de les racheter. J'étais un peu pris au dépourvu. Comme j'hésitais, il a sorti un carnet de chèques et m'a proposé une coquette somme. Je n'ai pas une grosse retraite, j'aurais dû emprunter de l'argent pour racheter les actions, et pour tout te dire, je n'en voyais guère l'utilité. Je n'étais plus dans le coup, je ne me voyais plus jouer de rôle dans cette société. Alors j'ai accepté.

— Et qu'a-t-il fait des actions de mon père?

— Je lui ai posé la question. Il l'a éludée, il m'a dit que ton père n'avait rien prévu. Mais c'est faux! C'est pour cela que je suis venu te voir, Marco. Ton père avait laissé des instructions. Il voulait que ces actions te reviennent. Il les a établies à ton nom, devant notaire. Et ça, Turenne le savait. Il avait même eu copie de l'acte. Il savait qu'au bout de vingt-cinq ans, tu viendrais récupérer ton dû. Il savait aussi qu'il conserverait tes actions si tu venais à décéder. C'est une clause de sauvegarde que nous avions mise en place pour assurer la pérennité de la société. Tu vois où je veux en venir.

— Vous êtes en train de me dire qu'il a voulu se débarrasser de moi pour mettre la main sur mes actions ?

— Turenne avait deux problèmes. D'abord, il avait besoin d'argent pour se développer. Il cherchait des investisseurs. Mais il avait aussi conscience qu'en faisant entrer de nouveaux partenaires au capital, il perdrait son rang d'actionnaire majoritaire. Pour continuer à diriger la boîte, il avait donc besoin de racheter nos actions. Sauf qu'il n'en avait pas les moyens ! Il lui fallait trouver une façon de les accaparer sans les payer. Moi, il m'a acheté. Il m'a donné une prime, qui, en vérité, ne lui a pas coûté grand-chose. Et toi, il a essayé de te supprimer, car il se doutait que tu ne te contenterais pas d'un pourboire.

— Pourquoi n'aviez-vous pas refusé ? Vous auriez pu faire monter les enchères.

Ricardo baissa la tête.

— Ce n'était pas facile de résister à Turenne. Pas facile du tout. Il savait être… intimidant.

Marco commençait à réaliser à quel point Turenne les avait tous manipulés, et notamment lui. Turenne, l'ami de la famille. Le compagnon fidèle qui avait soutenu sa mère dans les moments difficiles. Le père de substitution, qui l'avait aidé à devenir un homme. Tu parles.

Turenne était un cynique. S'il avait fait travailler Camille et Marco, c'était pour profiter de leur réputation. Ensuite, il s'était arrangé pour les envoyer à l'autre bout du monde. Il avait mis Camille sur la piste de Zarov, puis il avait envoyé Marco au casse-pipe. Les documents que lui avait remis Lena, c'était Turenne. Le jeu de piste mortel qui avait conduit Marco jusqu'en Ukraine aussi. Turenne avait offert à Marco un aller simple pour l'enfer. Il l'avait mis entre les griffes de Zarov et de ses fauves.

Les fauves d'Odessa.

Ricardo se décida enfin à partir. Marco se rendit compte qu'il ne lui avait même pas offert un verre d'eau.

— Je ne veux rien, déclina Ricardo. Je n'avais pas prévu de rester tard. Je rentre en Normandie ce soir. Paris me fatigue.

Il empoigna son manteau.

— Encore une chose, Marco. Dans cette pochette, tu trouveras une lettre, signée de ma main, dans laquelle je certifie que je te donne mes actions. J'ai beaucoup de choses à me reprocher, Marco. Je n'ai jamais pris la défense de ton père. Je suis toujours resté dans les tranchées. J'ai honte, alors j'ai pris la décision de me rattraper. Turenne est mort avant de me donner l'argent qu'il m'avait promis. Je peux donc faire ce que je veux de ces fichues actions. J'ai décidé de te les donner. Tu vas aussi récupérer les titres de Turenne, en vertu de cette fameuse clause de sauvegarde. Si l'on y ajoute les actions que ton père t'a léguées, tu te retrouves actionnaire majoritaire. La société t'appartient, Marco, fais-en bon usage.

KO debout. Marco aurait bien voulu répondre quelque chose, le remercier, poser les dix mille questions qu'il avait en tête, mais la surprise était trop forte.

— Mais je ne saurai pas, bredouilla-t-il. Je ne suis pas patron, je suis nul en gestion. Je n'ai jamais dirigé personne d'autre que moi-même, et c'est déjà beaucoup. Quant aux décisions à prendre… Comment pourrais-je?

— Tu apprendras. Tu commettras peut-être des erreurs, mais après tout, tu connais le métier. Combien d'usines as-tu visitées? Des dizaines! Simplement, il va falloir que tu quittes tes oripeaux de consultant donneur de leçon. Tu es passé de l'autre côté, tu es un industriel, maintenant. Tu vas vite te rendre compte que ce n'est pas si simple.

Ricardo passa sa veste. Il serra la main de Marco.

— Appelle-moi si ça ne va pas, je te donnerai tous les conseils qu'il faudra. Mais je suis sûr que tu te débrouilleras très bien. Tu en as les capacités. Je ne suis pas le seul à le penser, tu sais.

— Que veux-tu dire?

— Ton père le croyait aussi. Je t'ai laissé des lettres qu'il m'a écrites lorsqu'il était en Argentine. Il parlait souvent de toi. Il regrettait que ta mère ait coupé les ponts. Quand il a senti que ses forces déclinaient, il a voulu te voir. Mais ta mère lui a interdit de venir à Paris. Il en a beaucoup souffert. Alors pour compenser le manque, je lui racontais des choses sur toi. Je lui envoyais tes bulletins scolaires, des photos. Il surveillait ta progression. Il a été très fier de toi lorsque tu as intégré une école d'ingénieurs.

— Il aurait pu me le dire…

— Il n'osait pas. Il avait tellement honte de l'image qu'il te donnait. Mais il croyait en toi. Dans l'une de ses dernières lettres, il m'a demandé d'aller voir le notaire et de faire au mieux pour te protéger. C'est ce que j'ai fait.

— Merci, Ricardo. Merci pour tout.

Celui-ci s'en alla brusquement, trop ému pour pouvoir le saluer. Marco s'en voulut de l'avoir sous-estimé. Ricardo n'était pas un ectoplasme. Il avait de la consistance et une certaine forme de courage. Ils se reverraient.

Ricardo avait laissé la pochette sur le bureau de Camille. Marco la parcourut rapidement. Il lirait tout ça plus tard. Ce qui l'intéressait, c'était…

Les photos ! Il en trouva une dans une pochette plastique. Son père en costume, allure dandy et moustache à la Clark Gable. Longtemps, Marco n'avait eu de son père qu'une image floue : un visage en noir et blanc, à peine esquissé. Mais il en avait tellement appris sur lui, ces derniers jours… Les contours se précisaient, des couleurs apparaissaient. Le clair se mêlait à l'obscur. Son père n'était plus un être abstrait, il prenait forme. Marco aurait tellement aimé lui parler. Rattraper le temps perdu. Et savoir ce que le tamis de la vie lui avait laissé entre les doigts, ce qu'il aurait eu envie de lui transmettre.

Pris dans ses pensées, Marco ne vit pas arriver Camille, dont la silhouette massive passait pourtant tout juste par la porte.

— Salut, grommela ce dernier.

— Bonjour, répondit Marco. Tu t'es bien reposé ?

— Non.

Depuis l'épisode d'Aubervilliers, Camille n'avait pratiquement pas desserré les lèvres. Malgré lui, il avait travaillé pour un escroc en col blanc. Il avait failli mourir pour un type qui voulait gagner de l'argent en empoisonnant les autres. C'en était trop pour lui. Il n'arrivait pas à l'accepter. De rage, Camille avait largué les amarres. Le vent mugissait, la coque craquait sous l'assaut des vagues et le marin taiseux se débattait dans son pot au noir.

— J'ai mis ma péniche en vente, annonça-t-il à Marco.

— Tu t'en vas ?

— Oui.

— Avant de m'en dire davantage, sache juste une chose : je reprends la boîte de Turenne et j'aurais bien besoin d'un vieux loup de mer pour tenir la barre.

Camille secoua la tête en souriant.

— Plus tard, peut-être. Mais pour l'instant, j'ai un rendez-vous important. Avec moi-même. J'ai eu le temps de réfléchir dans ma taule ukrainienne. Je dois arrêter de fuir. Je pars demain pour le Brésil. J'ai appris que Lucca et sa mère sont retournés à Belo Horizonte. Je vais les retrouver. Je resterai certainement plusieurs mois là-bas. Et même si sa mère est devenue une emmerdeuse ou une emmerderesse, je tâcherai de les ramener tous les deux à Paris. En tout cas, une chose est sûre : je ne vivrai pas une journée de plus sans mon fils.

Marco connaissait bien l'animal. Il était inutile d'insister. Mais Camille reviendrait, il le sentait. Ses yeux le disaient. Ils se serrèrent longuement la main.

— Je comprends, sourit Marco. Il y a des rendez-vous que l'on ne peut rater. J'ai moi-même une ou deux emmerdeuses à retrouver dans les jours qui viennent.

30

Depuis dix bonnes minutes, Marco se tenait devant la chambre 28. Le terme de son voyage. Il n'avait plus qu'à frapper contre la porte. Ou plutôt gratter, pour ne pas effrayer sa mère. Elle lui dirait d'entrer, de sa voix aiguë et un peu chevrotante. Elle affecterait un air surpris, ferait mine d'être prise au dépourvu, passerait une main rapide dans ses cheveux pour s'assurer que sa mise en pli était en place et, d'un ton presque naturel, lui dirait : « Tu aurais dû me prévenir, j'aurais passé une jolie robe. »

Il n'avait plus qu'à gratter, donc, et pourtant, il n'y arrivait pas. Ses bras étaient inertes, comme s'ils refusaient d'obéir à cet ordre simple, ou qu'ils en appréhendaient les conséquences. Immobile, Marco restait perdu dans la contemplation de cette porte vert pomme, couleur qu'il détestait par-dessus tout.

Cette tendance des maisons de retraite à peinturlurer leurs murs partait d'un bon sentiment, mais pourquoi choisissaient-elles des teintes si criardes ? Rose fuchsia, bleu électrique, rouge sang, jaune canari, choisissez votre étage. Pauvres vieux, il y avait de quoi devenir dingues. Ce n'était plus un hospice, mais un asile psychédélique.

Bruit de chasse d'eau. Porte qui claque. Sa mère était éveillée. Sans plus réfléchir, il tapa contre le montant.

— Ouiiii ?

Ce n'était pas une réponse, mais une vocalise. Il entra.

— Bonjour, comment vas-tu ? lui dit Marco.

En le voyant, elle eut un mouvement de recul.

— Tu as l'air ravie de me voir, reprit-il, après avoir espéré un sourire – en vain.

— Je ne t'attendais pas, tu aurais pu me prévenir.

Elle se servit un verre d'eau et alla se poster devant la fenêtre.

— Pourquoi es-tu venu ? lui demanda-t-elle, le dos tourné.

— Pour te parler de papa.

Elle poussa une exclamation.

— Tu veux m'achever ou quoi ?

Marco posa sur la table une boîte de chocolats, puis il s'assit sur une chaise métallique. Verte.

— Pendant trente-cinq ans, je n'ai pas eu le droit d'aimer mon père, car il n'en était pas digne, murmura Marco. Il était banni de ma vie. Un père apatride qui n'avait pas droit de séjour. Je n'en ai conservé que des souvenirs figés qui flottent dans ma mémoire comme des photos aux couleurs passées.

— Tu as fait tout ce trajet pour me raconter ça ? Tu aurais pu te contenter du téléphone.

— Je voulais te montrer ça, aussi.

Il brandit une liasse de feuilles. Sa mère se tourna vers lui, de mauvaise grâce.

— Qu'est-ce que c'est ?

— Des preuves que mon père n'était pas ce monstre d'indifférence que tu prétends. Il m'a même laissé un héritage : ces parts – libellées à mon nom – de la société qu'il a créée avec Turenne et Ricardo. Tu vois de quoi je parle ?

Elle ne répondit rien. Dehors, des châtaigniers centenaires étendaient leur ramure sur l'horizon. Le temps était maussade et poisseux. Une ultime résistance de l'hiver face à l'invasion des bourgeons. Si elle avait été là, Lena aurait parlé « d'invitation à la mélancolie » ou « d'ode au printemps ». Elle aimait bien ces allégories un peu pompeuses. N'avait-elle pas appris le français dans une anthologie de la poésie française, entre deux passes ? Elle remplissait aussi des cahiers entiers de notes, qu'elle appelait ses « petits poèmes du quotidien ». Marco aurait bien aimé les lire, mais il n'en avait pas eu le temps. Lena était repartie dans son village d'Itchéra, en Bulgarie. Trois jours plus tôt, elle lui avait envoyé ce message : « Merci de m'avoir redonné espoir. » Depuis, plus rien.

— Et ça, reprit-il, ce sont des lettres que papa avait adressées à Ricardo. Il parlait souvent de moi. Dans celle-là, par exemple, il s'étonnait que je ne lui réponde jamais. Tu ne vois toujours pas de quoi je parle ?

Des oies sauvages passèrent en formation dans le ciel gris. Sa mère les admira jusqu'à ce qu'elles disparaissent dans la brume.

— Ton père était comme ces oiseaux, une belle chimère qui s'estompait dès que l'on tentait de l'approcher. J'ai longtemps cru que je pourrais supporter ses frasques – son « côté artiste », comme il disait lui-même. Je l'ai vraiment aimé, tu sais. Mais il arrive un jour où les frontières entre le besoin de liberté et l'égoïsme deviennent très floues. Ton père n'était pas le seul coupable. Peut-être, aussi, n'avais-je pas assez réfléchi sur moi-même. J'étais jeune, idéaliste, je ne voulais pas d'une vie convenue. J'ai été servie ! Ce n'est pas sur lui que je me suis trompée, mais sur moi.

— Je sais que tu as beaucoup souffert. Mais en coupant tout lien avec lui, tu m'as privé de père. Tu n'en avais pas le droit.

Un souvenir lui revint soudain à l'esprit. Une soirée d'anniversaire, seul avec sa mère. Au moment de souffler son gâteau, Marco lui avait pris la main. « Papa me manque », lui avait-il confié dans un souffle. Sa mère avait retiré son bras tellement vivement qu'elle l'avait griffé avec sa bague. Il se souvenait encore de sa réponse haineuse : « Va le retrouver, ne te gêne pas pour moi. » Ce jour-là, il avait compris que sa mère ne serait jamais bienveillante à son égard. Malgré lui, Marco lui rappelait son saltimbanque de mari. Comment aurait-elle pu l'aimer? Depuis, Marco ne l'avait plus jamais appelée maman.

— Son absence était comme une plaie béante, poursuivit-elle. J'avais l'impression de me vider de mon sang. Rien que de penser à lui, je m'effondrais en pleurs. Mais malgré mes supplications, il a continué à jouer les courants d'air, sans jamais se remettre en question. Ça ne pouvait plus durer. Il fallait que je le raie de ma vie. D'une façon ou d'une autre.

— Turenne s'en est chargé.

Elle le regarda avec une intensité étrange. Pour la première fois depuis que Marco était entré dans sa chambre, son visage exprima une émotion.

— Ne parle pas comme ça! Turenne n'a pas chassé ton père, il a juste pris une place vide. C'est un homme bon.

Devait-il lui dire la vérité? Lui révéler que ce fumier n'avait pas seulement abusé d'elle, en lui faisant miroiter une nouvelle vie, mais qu'il avait voulu tuer son fils? Et qu'il était mort de façon pitoyable? Marco sentit qu'elle ne le croirait pas. Elle s'accrochait à un rêve et ne laisserait personne le salir. Sa mère écrivait un roman dont le héros s'appelait Turenne et peu importe si le «vrai» n'avait plus donné de nouvelles depuis longtemps. Elle en avait gardé une épure, un avatar qui vivait avec elle. En elle. Et lui, au moins, ne partirait pas avec une danseuse argentine.

— Tu l'as aimé?

Ses yeux noirs répondirent à sa place. Joie contenue. Miscellanées de pudeur et de lassitude.

— Je suis fatiguée de tout ça, Marco.

Soudain très lasse, elle se coula dans son rocking-chair. Marco étendit une couverture sur son corps tout frêle. Elle le gratifia d'un sourire. Un peu forcé, mais au moins, elle avait souri.

— Merci pour les chocolats, dit-elle encore.

Elle ferma les yeux. En se redressant, Marco eut l'impression que ses épaules étaient un peu moins lourdes. Il se sentait apaisé, comme s'il avait soldé un lourd contentieux. Pour la première fois, Marco voyait sa mère sous son vrai jour. Elle n'était pas une pietà dévouée, mais une femme au cœur sec, faillible et parfois cynique. Étrangement, il se sentit, d'un coup, plus proche d'elle. Il voulut se pencher pour l'embrasser, mais il se ravisa. Elle serait capable de se détourner. Au moment de sortir, il la regarda longuement.

— Au revoir, maman.

Il n'en fut pas certain, mais il crut voir son visage tressaillir. Sans bruit, Marco referma la porte vert pomme derrière lui.

31

Deux jours plus tard

Le petit tortillard avait laissé Marco dans une gare minuscule au toit de chaume et aux volets écaillés. Dans la salle d'attente, un vieux couple avait pris place sur le seul banc. Campé sur sa cane, cheveux calamistrés et foulard de soie, l'homme scrutait les voyageurs qui s'égayaient sur le parking. À côté, sa femme sommeillait sur son épaule. Marco se demanda combien de temps il avait attendu l'arrivée du train. Ils étaient certainement arrivés tôt pour ne rien rater du spectacle. Après tout, ils étaient aussi bien ici que dans une maison de retraite. Surtout si les murs étaient vert pomme.

Marco héla le seul taxi disponible, une vieille caisse à savon brinquebalante qui s'arrêta à sa hauteur dans d'épouvantables crissements de freins. Par chance, le chauffeur baragouinait quelques mots d'anglais. Marco lui indiqua le nom du village, Itchéra, puis il se cala dans le siège en skaï. La voiture avait dû perdre ses derniers amortisseurs durant la perestroïka. La route était tellement tape-cul que Marco se cogna plusieurs fois au plafond. Le village était distant d'une trentaine de kilomètres, mais avec une route dans cet état, il mettrait une bonne heure pour y parvenir. Qu'allait-il y trouver ? Lena était-elle là ? Il n'en savait rien, il ne lui avait pas parlé depuis leurs adieux dans cette cave glauque. Elle lui avait juste confié qu'elle comptait rentrer chez elle, en Bulgarie. En avait-elle eu les moyens ? Après un énième choc contre la vitre, il décida de s'étendre au fond de la banquette. Histoire de ne pas arriver tout cabossé si, d'aventure, il parvenait à la trouver.

Les collines s'empilaient à perte de vue et la voiture traçait sa route dans un décor d'émeraude et de rocaille. Quelques maisons en pierre aux toits d'ardoise apparurent au loin.

— Itchéra ! annonça le chauffeur, avec un accent lancinant.

Ils doublèrent un gamin assis à califourchon sur un âne et négocièrent une voie en lacet. Le village se lovait dans un écrin de verdure. Lena avait dit vrai. Le lieu était charmant : une volée de mignonnes bâtisses aux balcons fleuris de géraniums. Dans un anglais laborieux, le chauffeur lui expliqua qu'un roi bulgare, au début du vingtième siècle, avait coutume d'y venir en villégiature. Il adorait chasser dans les environs, mais plus qu'aux cerfs et aux sangliers, il s'attaquait surtout aux jeunes filles du coin, réputées pour être les plus belles du pays. Il en était à ce point féru que le village avait gagné le surnom de «chambre du roi».

Le taxi le laissa devant l'église. Marco traversa une petite place pavée de vieilles pierres. Il avisa un habitant, assis devant son perron. Une face boucanée, tannée comme un godillot, des mains en parchemin et une casquette à carreaux vissée sur l'arrière du crâne. Le bourg ne comptait que trois cents âmes. Ce grand-père devait certainement connaître Lena.

— *Dobar den*, lui dit-il.

Le chauffeur de taxi ne lui avait appris qu'à dire bonjour. Le vieil homme se mit à rire.

— Lena? s'enhardit Marco. Lena? Vous la connaissez?

Le sourire du villageois se figea. Une expression dure traversa ses yeux. Il rajusta son couvre-chef, l'air renfrogné.

— Lena? insista Marco.

D'un geste évasif, l'homme montra une maison posée sur une colline, à moins de trois cents mètres. Marco n'eut pas le temps de le remercier, son interlocuteur rentra précipitamment chez lui, comme s'il avait rencontré le diable. Mauvais signe.

Marco emprunta un chemin pentu qui l'amena, à travers une nuée d'arbustes, devant un mur d'enceinte. Une barrière en barrait l'accès. Un gardien, assis devant une petite guérite, se leva à son approche. Marco tenta quelques mots en anglais, le gardien ne répondit pas, mais il comprit les intentions du visiteur. Il parla dans un talkie walkie. La réponse ne tarda pas. L'homme lui fit signe de passer. Un peu crânement, mais d'un pas résolu, Marco entra dans la propriété.

Au bout d'une centaine de pas, un homme au teint mat vint à sa rencontre et le conduisit jusqu'au bâtiment principal, qui avait des allures de ferme fortifiée avec ses murs épais et ses étroites fenêtres. Marco croisa quelques silhouettes sinistres, qui lui jetèrent des regards haineux. Le sbire l'emmena à l'étage, il s'arrêta devant une porte à glissière, frappa contre le battant et le fit coulisser. Sans ménagement, il poussa Marco à l'intérieur. Celui-ci ne put retenir un cri de stupeur. Un homme était allongé sur un lit, face à lui. Son visage était atrocement brûlé. Il était sous perfusion et un tuyau entrait dans sa narine.

— Bonjour, Marco.

La voix était faible, un peu voilée, mais il la reconnut tout de suite.

— Je pensais que vous aviez été tué, Zarov.

— Les flammes ne brûlent pas les hommes qui sont déjà morts.

— Comment êtes-vous sorti de l'entrepôt ?

Il essaya de rire, mais ne réussit qu'à tousser. Une longue expectoration qui se finit en râle. Du sang apparut aux commissures de ses lèvres. Une vieille femme que Marco n'avait pas remarquée, et qui restait postée dans un coin de la pièce, accourut pour lui essuyer la bouche.

— Lorsque le toit s'est écroulé, je me suis retrouvé coincé sous un amas de tôles brûlantes, raconta-t-il. J'ai inhalé des vapeurs toxiques. Mes poumons sont encore plus amochés que mon visage.

Ses yeux disparaissaient sous des boursouflures de chair. L'une de ses oreilles avait été mangée par les flammes et son nez avait perdu ses ailes. Comment avait-il pu s'enfuir dans cet état? Il avait besoin de soins urgents. Zarov devina ses pensées.

— Ta mansuétude me touche, mais garde-la pour d'autres. Je vais mourir, je le sais. Je mettrai sans doute des semaines, peut-être même des mois, mais je vais crever. Et lorsque la souffrance deviendra insupportable, j'aurai ça...

Il plongea la main sous son lit, en ramena un pistolet. Épuisé par l'effort, il retomba sur l'oreiller. Marco resta silencieux. La situation était étrange. Il se retrouvait à la merci de cet homme, au fin fond de la campagne bulgare, mais il n'arrivait pas à avoir peur. Zarov avait eu beau traiter Camille comme un animal et les avoir, tous deux, condamnés à mort, il éprouvait presque de la pitié pour lui.

— Qu'est-ce que tu fais là? demanda soudain Zarov.

— Je suis venu chercher Lena.

Zarov se redressa sur ses coudes. Sur ce visage qui n'était plus capable d'expressions, Marco y décela toutefois de l'incrédulité. Zarov ne le croyait pas.

— Tu veux emmener… Lena ?

Nouveau rire, nouveau toussotement.

— Pour en faire quoi ? Tu veux devenir son mac ?

— Non. Je veux vivre avec elle.

Zarov resta amorphe, comme s'il n'avait pas entendu sa réponse. La phrase de Marco ne parvenait pas à atteindre son cortex.

— Je me sens bien avec elle, insista Marco. Je crois que je l'aime.

Enfin, Zarov sembla comprendre ce qu'il lui disait.

— Mais c'est une pute !

— Ça ne m'a pas échappé… Mais c'est comme ça.

— Tu veux me faire croire que tu es venu jusqu'ici, au cœur de mon quartier général, pour retrouver une fille qui, un soir, t'a fait grimper au rideau ? Je n'en crois pas un mot. Tu es venu pour autre chose, et je sais pourquoi. Igor !

Son fidèle homme de main entra dans la chambre. Son visage était tuméfié et sa main droite bandée. Lui aussi garderait cette histoire imprimée dans sa chair.

— File-lui un coup de gnole, il est venu parler business. Hein, Marco, c'est ça ? Tu as pris la place de Turenne et tu te dis que ce n'est pas si mal, finalement, ces petits trafics. Ça ne coûte pas grand-chose et ça peut rapporter gros. Mais tu ne sais pas comment t'y prendre et tu as besoin de moi…

— Non, Zarov. Je ne suis ici que pour Lena.

Zarov respirait de plus en plus mal.

— Et qui te dit…

Zarov eut une quinte de toux qui dura au moins cinq minutes. Il cracha du sang. La femme épongea son front. Il semblait souffrir atrocement.

— Et qui te dit que je la laisserais filer? Elle travaille bien et me rapporte beaucoup. Pour tout t'avouer, elle part demain en Allemagne. Je vais la mettre sur le trottoir à Duisbourg. Ils aiment bien les filles de l'Est, là-bas.

— Je suis prêt à la racheter. Elle et son frère.

— Oh oh! Et combien es-tu prêt à mettre?

Marco baissa la tête. La discussion prenait une tournure pénible, mais il devait continuer. Surtout, ne pas lâcher.

— Dites-moi ton prix. J'aime Lena. Je l'aime vraiment.

Pourquoi lui dire ça? Comme si cet aveu pouvait émouvoir un tueur. Il était ridicule.

Zarov le regarda longuement. Ses yeux voilés de sang ne montraient plus de cruauté. Juste une immense lassitude.

— Une fois dans ma vie…

Zarov ne finit pas sa phrase. Il était trop faible. Mais il fit un signe à Igor. Celui-ci se pencha sur son maître.

— Laisse-les partir, dit-il dans un souffle.

Igor eut un mouvement de recul, mais il ne contesta pas. Zarov retomba sur ses draps, épuisé. Marco ne sut jamais pourquoi il lui avait fait ce cadeau. «Une fois dans sa vie», ranger son flingue et sa haine, et faire un pas vers la rédemption, alors que le pouls commence à faiblir et que l'inanité de son existence apparaissait dans toute sa cruauté. Marco aurait bien aimé croiser son regard une dernière fois, mais Zarov avait la tête de côté et semblait inerte. Igor lui fit signe de sortir. La porte claqua dans un bruit sourd.

Un bruit de mort et de tombeau.

Igor entraîna Marco sur un chemin étroit. Ils traversèrent un sous-bois très sombre. Un moment, Marco craignit le pire, mais Igor ne lui fit pas d'entourloupe. Ils arrivèrent devant une maisonnette en bois. Un volet, arraché, gisait au sol et les planches de la façade étaient disjointes. Mais elle tenait toujours debout.

— Moi chercher gamin, baragouina Igor.

Marco entra dans la chaumière. L'intérieur était sommaire. Une petite salle à manger, un réchaud à gaz posé sur une planche et un bac à douche sans rideau, à l'opposé de la pièce. Rangé sous le lavabo, un radiateur à huile. L'hiver devait être cruel, ici. Marco monta à l'étage. Il entra dans l'une des chambres. Une forme se découpait dans la fenêtre. Une jolie forme, tout en rondeurs et en promesses de bonheur. Lena se retourna. Elle poussa un cri et bondit vers lui. Ils s'étreignirent.

— Lena…

Il voulut la regarder, mais elle tenta de cacher ses yeux rougis. Elle avait dû pleurer toute la nuit.

— Je suis tellement laide. Si j'avais su, je…

Il ne la laissa pas finir sa phrase et l'embrassa. Lorsqu'enfin, il la laissa respirer, elle souriait.

— Je suis tellement heureuse de te voir ! Comment as-tu fait ? Ils t'ont laissé monter jusqu'ici ? Ou bien tu es prisonnier, c'est ça ? Tu n'aurais jamais dû ven…

Il l'embrassa de nouveau. Au moins, elle n'avait pas perdu sa langue. Elle parlait toujours autant.

— Fais ta valise, lui dit-il. Ou plutôt non, laisse tout ici. Tu n'as besoin de rien.

— Mais je ne peux pas ! Il y a mon frère, Pavel. Je ne sais pas où ils le retiennent prisonnier, mais je sais qu'il est là. Ils le tueront si je m'échappe.

Cavalcade dans l'escalier. Un grand escogriffe, cheveux en bataille, apparut dans l'embrasure de la porte.

— Pavel !

Lena se mit à pleurer. Trop d'émotions d'un coup. Elle ne comprenait pas.

— Venez, on s'en va, intervint Marco.

Mieux valait ne pas traîner. De là à ce que Zarov change d'avis…

Lena lui prit le bras.

— Mais pour aller où ?

— Vous vivrez chez moi.

— Mais nous n'avons rien, pas même de passeport !

— Les papiers, on verra ça plus tard. Partons déjà d'ici.

Ils descendirent l'escalier et sortirent de la maison.

— Attendez! s'exclama Lena.

Elle rentra précipitamment et en ressortit presque aussitôt, un livre à la main.

— Mon anthologie de poésie! C'est la seule chose que je possède encore.

Ils passèrent devant la maison des mafieux. L'un des hommes leur jeta un regard soupçonneux, mais il ne fit rien pour les arrêter.

— Zarov a tenu parole, dit alors Marco. Vous êtes libres.

Au loin, ils aperçurent le village d'Itchéra. Le soleil descendait rapidement derrière les mamelons de verdure. Une belle lumière orangée inondait la vallée, diffusant une sensation de douceur.

— Je n'arrive pas à y croire, Marco, souffla Lena.

— Croire à quoi?

— Que tu sois venu. Tu es sûr de ce que tu fais? Pavel ne parle pas un mot de français, il mange comme dix et moi, je ne sais rien faire. Je ne sais même pas cuisiner. Je peux juste réciter des poèmes et faire l'amour.

Marco éclata de rire.

— Si tu parviens à faire les deux en même temps, ça suffira amplement à mon bonheur.

Marco sentit un petit gratouillis au bout de ses doigts. Il avait envie de jouer du blues, ce qui ne lui était pas arrivé depuis très longtemps. Un petit riff en mi mineur, deux ou trois accords. Il n'en demandait pas plus. Il prit la main de Lena. À grands pas, ils descendirent vers le village.

DANS LA COLLECTION MASQUE POCHE

DANS LA MÊME COLLECTION

MASQUE POCHE

LE MASQUE
s'engage pour l'environnement
en réduisant l'empreinte carbone
de ses livres.
Celle de cet exemplaire est de :
288 g éq. CO_2
Rendez-vous sur
www.lemasque-durable.fr

PAPIER À BASE DE
FIBRES CERTIFIÉES

Composition réalisée par Datamatics

Achevé d'imprimer en mai 2014, en France sur Presse Offset par
Maury Imprimeur - 45330 Malesherbes
N° d'imprimeur : 189746
Dépôt légal : mai 2014 – Édition 01